大塚ひかり
Hikari Otsuka

やばい源氏物語

ポプラ新書
249

はじめに
『源氏物語』はこんなにやばい……その異端性と革命性

ビフォアー源氏とアフター源氏で分かれる世界

『源氏物語』を知らない日本人はいません。

しかし、その内容は？　と問われると、多くの人は「紫式部の書いた長編小説」あるいは「日本で一番有名な大古典」くらいの認識なのではないでしょうか。

もちろん、それも一つの答えでしょう。

『源氏物語』は、一〇〇八年ころに、紫式部と呼ばれる女性が書いた、五十四巻に及ぶ長編小説です。このように執筆時期が分かっているのは、紫式部が、『源氏物語』のヒロインである若紫の名で呼びかけられていることや物語の冊子作りのことが『紫式部日記』に記されており、しかもそれは紫式部の仕えていた女主人・藤原彰子が敦《あつ》成《ひら》親王（後一条天皇）を出産したことと共に描かれているからです。敦成親王の誕生年がはっきりしているので、おのずと物語の成立年も分かるわけです。

敦成親王が生まれたころ、彰子の父・道長の庇護のもと、紫式部は『源氏物語』の執筆・清書・製本に励み、その物語は、藤原公任や一条天皇といった上流社会の男たちにも愛読されていた、ということが『紫式部日記』には記されています。

物語がオンナ子どもの慰み物とされていた当時、こうした一流の男たちに『源氏物語』が読まれていたことも画期的ですが、それを紫式部が自身の日記でアピールしていることも興味深いものがあります。

紫式部は、当時の一流の男たちにも読まれていることを誇示することで、『源氏物語』のPRというか、権威付けをしているのです。

ちなみに紫式部はもとは藤式部と呼ばれていたのが、『源氏物語』が評判になったため、ヒロインの紫の上（若紫）の名から取って、紫式部と呼ばれるようになりました。この時代の女性の常で、本名は分かっていません。

そんな紫式部の書いた『源氏物語』が、日本で一番有名な古典文学であることは確かでしょう。

しかしその内容は、当時の古典文学を色々読んだ目で見ると、驚くほど掟破りなんです。

というか、『源氏物語』以降の文学とか創作物を知った目で見ると当たり前のことでも、『源氏物語』以前の人たちにとっては、なんて斬新な！　と仰天するようなラディカルさがある。

その画期性は、『源氏物語』以前と『源氏物語』以後に分けられるくらいだと私は思っているんですよ。

何もかも画期的で異端だった『源氏物語』

『源氏物語』の画期的な点は多々あって、詳細は本文に譲りますが、まず何と言っても凄いのは、絶世の美男たる主人公の妻や恋人としてブス（私は『ブス論』等の著書があり、本書でもそこに書いた趣意を記すことがあるので、醜貌の女のことを「ブス」と呼ぶことをお断りしておきます）が何人も出てくる、それも悪役ではないブスがたくさん出てくることです。あとで詳しく述べるように、これは『源氏物語』以前の物語では考えられません（私はこれを「ブス革命」と呼んでいます）。

『源氏物語』の舞台となっているのはいずれも当時の心霊スポット的な場所で、これも特異なことではないかと思います。

また、生きた人間が祟りをなす生き霊を登場させたことも、藤本勝義によれば『源氏物語』が初めてらしい（『源氏物語の〈物の怪〉——文学と記録の狭間』）。美しい主人公が年老いたり病気になったり、経済のこまかなことまで描かれていたり、リアリティもやばい。

身体描写がそれまでの文学と違って異常に詳しいし、主人公たちの志向や、結末も驚くようなものです。

一言でいうと『源氏物語』はやばいんです。

古典文学として祭り上げている場合じゃないんですよ。当時の文学からしたらむしろ異端なんです。実験小説なんです。

それでいて徹底的にエンタメなんです。

これは、読むっきゃないでしょう。

やばい源氏物語／目次

凡例

＊本書では、古典文学、史料から引用した原文は〃　〃で囲んであります。

＊〃　〃内のルビ（振り仮名）は旧仮名遣いで表記してあります。

＊引用した原文は本によって読み下し文やルビの異なる場合がありますが、巻末にあげた参考原典にもとづいています。

ただし読みやすさを優先して句読点や「　」を補ったり、片仮名を平仮名に、平仮名を漢字に、旧字体を新字体に変えたりしたものもあります。

＊古代・中世の女性名は正確な読み方が不明なものが大半なので、基本的にルビはつけていません。

＊引用文献の趣意を生かすため、やむを得ず差別的な表現を一部使用している場合があります。

＊敬称は、面識のある人などのほかは、基本的に略してあります。

＊とくに断りのない限り、現代語訳は筆者によるものです。

＊系図は掲載資料をもとに筆者が作成しています。

＊年齢は数え年で記載しています。

第1章　設定がやばい……「史実」をベースに綴られた「大河ドラマ」

これは「作り話」ではないという紫式部の気持ち

『源氏物語』はフィクションです。

が、物凄くリアリティを大事にしているフィクションです。

と言うと、そうなの？　と意外に思う人もいるかもしれません。

『源氏物語』の主人公って〝光る源氏〟でしょ？　光るほどイケメンてことでしょ？　しかも天皇の皇子で、たくさんの女と関係する。超絶イケメンの貴公子のモテ話でしょ？　まぁイケメンのボンボンがモテるのはリアルと言ったらリアルだけれど、あまりにデキ過ぎていて、夢物語というか、フィクションの権化《ごんげ》という気もするよね、と……。

違うんです。

源氏はたしかにイケメンですが、年も取るし失敗もする。

そもそも作者の紫式部が、リアリティを目指し、リアリティを大切にしているんです。

物語は、しょっぱなから、源氏が人妻の空蟬《うつせみ》に逃げられ（最初はいきなり寝所《しんじょ》に侵入し関係を結ぶことに成功するんですが、それ以降は応じてもらえない）、親友の妻の一人だった夕顔を変死させてしまうという、源氏にとって不名誉なエピソードを綴っている。そのあと、作者はこう断っています。

「こういうくだくだしいことは、源氏の君がひたすら人目を気にして隠していらしたのもお気の毒なので、すべて書くのを控えていたのですが、『なんでミカドの皇子だからといって、間近でつき合っていた人までが完全無欠みたいに褒めてばかりいるのだ』と、〝作り事〟（作り話）のように決めつける人がいらしたので書いたのです」（「夕顔」巻）

紫式部は、「この話を作り話だと思ってもらっては困る」と思って、そう見えない物語作りに腐心していたのです。

これは、人妻の空蟬との交流という、源氏の恋愛話が初めて具体的に描かれる「帚木《ははきぎ》」巻の冒頭に、

「〝光る源氏〟と名ばかりご大層ですが、実はその名を打ち消すような失敗も多いよ

うです」

と、作者が書いていたことに呼応しています。

紫式部はかつてない新しい物語、スーパーマンとしての〝光る源氏〟ではなく、失敗もする生身の人間としての源氏を、実録風に紡ぎだそうとしていたのです。『源氏物語』はフィクションだけれど、従来の作り話とはまったく違う、人間界の現実を描くことを目指していたわけです。

歴史書よりも物語にこそ真実があるというスタンス

紫式部は、物語という手法に大きな可能性を感じていました。

それは、『源氏物語』で展開されている有名な物語論からもうかがえます。

主人公の源氏は、養女である玉鬘《たまかずら》が物語に夢中になっているのをからかいながらも、冗談めかしてこう言います。

「『日本書紀』などの歴史書は、ほんの一面に過ぎないんだよ。物語にこそ、正統な詳しい事情が書かれているんだろう」（〝日本紀《にほんぎ》などはただかたそばぞかし。これらにこそ道々《みちみち》しく詳しきことはあらめ〟）（「螢《ほたる》」巻）

平安中期当時、正式な文書は仮名ではなく漢文で書かれていました。中でも『日本書紀』は国が編纂した歴史書ですからその地位は重いものでした。ところが源氏はその『日本書紀』より物語のほうが〝道々しく詳しきこと〟が書かれていると言います。〝道々し〟とは、学問的で道理にかなっている、政道に役立つ、といった意味です。書き手の恣意《しい》が入る、勝者に都合のいい歴史書は、人の世のほんの一端に過ぎない。物語にこそ、真実が書かれているというのです。

源氏は続けます。

「誰それのことといって名指しでありのままに書き写すことこそないけれど、良いことでも悪いことでも、この世に生きる人の有様の、見ても見飽きず、聞くにも余る出来事を、後の世にも語り伝えさせたい節々を、心にしまっておけなくて書き残したのが、物語の始まりなんだ」

物語は、現実にもとづいているというのです。

さらに、

「良いふうに言うためには良いことばかり選びだし、人に受けるためにはまた、ありそうにないほど悪いことを書きつらねる。それも皆それぞれに、この世の現実の出来事と無縁なことではないんだよ」

誇張はあっても、あくまで現実がベースとなっていることには変わりない。描かれるのは現実の人間なんだ、と。

要するに、紫式部は物語にこそ真実があるという考えで、物語を綴っているのです。


これは、現代人にとっては目新しいことではないでしょうが、千年以上前の人々にとってはとても新鮮な考えだったはずです。繰り返すように、当時の正式な文書は漢文で書かれたものであり、仮名で書かれた物語などは、オンナ子どもの慰み物という位置づけだったのですから、

「文書の中でも最も格の高い正史である『日本書紀』より物語がまさる」

と受け取れるような源氏の発言がいかに思い切ったものであるかが分かります。

〝日本紀の御局〟と呼ばれ

主人公の源氏に、『日本書紀』などの歴史書より物語のほうが本格的な役立つ情報が描かれていると言わせた紫式部ですが、実は『源氏物語』は、歴史書を参考にして

おり、意識してもいます。

『源氏物語』には、見てきたように、『日本書紀』の名が挙げられているだけでなく、『史記』に描かれた戚夫人《せきふじん》の憂き目のこと（『源氏物語』には具体的には記されませんが、呂后《りょこう》が彼女の両手両足を切断し、人豚と称して便所に置いたエピソード）を引用するなど（「賢木《さかき》」巻）、内外の歴史書に通じた紫式部ならではの知識と世界観がにじみ出ています。

『紫式部日記』によれば、紫式部は、左衛門《さいもん》の内侍《ないし》と呼ばれる内裏女房に、〝日本紀の御局《みつぼね》〟

というあだ名を付けられてもいました。『源氏物語』を読んだ一条天皇が、

「この人は日本紀（『日本書紀』などの歴史書）を読んでいるようだ。実に学識がある」

と仰せになったのを、この女房が耳に挟んで、当て推量で「えらく学問を鼻にかけている」と殿上人《てんじょうびと》などに言い触らして、そんなあだ名を付けたというのです。

紫式部がちやほやされていることへの嫉妬でしょうが、紫式部は「実家の侍女たちの前でさえ慎んでいるのに、宮中なんかで学問をひけらかすわけがない」と否定しな

がらも、直後、幼いころから、漢文を読む学者官僚の父と兄弟の前で、自分は不思議なほど理解が早かったというようなことを書いており、学問があると思われることはその実、まんざらでもないような書きぶりでもあります。

ただ当時は、学者の道は女には閉ざされていましたから、父は賢い紫式部のことを、「残念なことに、この子が男の子でなかったのは不運だった」と、常に嘆いていたと、紫式部は書き記しています。

平安中期の貴族社会では、女のもとに男が通う結婚形態が基本だった上、大貴族ともなると、娘を天皇家に入内《じゅだい》させ、生まれた皇子を皇位につけて繁栄していました。そんなこともあって、女の子は大事にされ、またその誕生も歓迎されていたのですが、学者の家では別で、男の子が望まれていたわけです。

とはいえ紫式部は、自身が日記に書いているように、彰子中宮に『白氏文集《はくしもんじゅう》』などを講義しています。学問の才は無駄になるどころか、大いに役立ち、何より『源氏物語』の世界にも深みと厚みをもたらしたのです。

とことんリアリティを追求

さて、『源氏物語』を初めて読んだ時、おお！　と思った一つは、源氏の晩年の正妻・女三の宮が柏木に犯されて密通することになるシーンです。

〝四月十余日ばかりのことなり〟（「若菜下」巻）

と、その日が明記されることで、これはただ事ではない、「事件です！」という感じが印象づけられたものです。

ほかにも、源氏の邸宅に冷泉帝《れいぜい》と朱雀院《すざく》が行幸するという最高の栄誉の日は、〝神無月《かむなづき》の二十日あまりのほどに、六条院に行幸《ぎやうがう》あり〟（「藤裏葉」巻）と明記されるなど、要所要所に日付が入ります。

もっとも、大事な事件があった時、何月何日と記すのは『うつほ物語』でも同様で、『源氏物語』が特別ではありません。

ただ、『源氏物語』は年立《としだて》がかなり正確で、六条御息所《ろくじょうのみやすどころ》や紫の上の年齢の矛盾など、乱れることもまれにあるものの、この当時の物語としては異常なくらい年表が作りやすいのです。

『源氏物語』は大河ドラマである

年立といえば、『源氏物語』は七十六年以上にわたる長編小説であるだけでなく、醍醐・村上天皇の御代を時代設定にしていることが音楽の研究から分かっています（山田孝雄『源氏物語の音楽』）。「宇治十帖《うじじゅうじょう》」には、紫式部と同時代に生きた源信《げんしん》をモデルにしていることが明らかな〝横川《よかは》の僧都《そうづ》〟も登場している。醍醐・村上朝を起点に始まった『源氏物語』は、おしまい近くになって当時の「現代」に重なっているんです。

ここで『源氏物語』の構成について説明すると、大まかに言って三部に分かれています。

まず「桐壺」巻から「藤裏葉」巻までは、主人公の源氏が苦難を乗り越えながら、准太上天皇《じゅんだいじょうてんのう》にまで出世し、一族が繁栄する様が描かれています。

そして「若菜上」巻から、源氏の死を暗示する巻名だけの「雲隠《くもがくれ》」巻までは、源氏の幸せに陰りが見える物語。

以上二部は「正編」とも呼ばれます。

さらに「匂宮《におうみや》」巻以降は源氏の子孫たちの物語となり、そのうち「橋姫」巻から最終巻の「夢浮橋《ゆめのうきはし》」巻までは、宇治を舞台に展開することから「宇治十帖」と呼ばれています。

この長大な物語は、源氏の親世代から孫世代までの四代にわたるドラマが描かれているという意味で「大河ドラマ」と言えます。

しかも、源氏の父・桐壺帝は醍醐天皇をモデルにしており、源氏も複数のモデル説がある上、舞台となる地名や宮殿名もすべて実在するものです。『源氏物語』は非常にリアリティを大切にしており、かつ「歴史的」なんです。

大河ドラマには「時代考証」が不可欠ですが、そういう意味でも、『源氏物語』は大河ドラマ的なのです。

第2章　ブスがやばい……ブスが三人、主人公の妻や恋人に！

『源氏物語』はブスだらけ

『源氏物語』が、当時の物語としては異端で革命的だと思われる要素は多々ありますが、その最たるものは、「ブス」の扱いです。

詳細は拙著『ブス論』や『『源氏物語』の身体測定』（大幅に加筆訂正して『「ブス論」で読む源氏物語』として文庫化）で考察したんですが、まず『源氏物語』にはブスが三人も出てくる。これだけでも『源氏物語』以前の物語とは大違いです。

しかもその描写が異様に詳しい。

有名なのが末摘花《すえつむはな》で、その容姿を描写した箇所の原文を逐語訳すると……。

「まず座高が高く、胴長にお見えになるので、源氏の君はああやっぱりと胸がつぶれた。次に〝あなかたは〟（なんと不細工な）と思えるのは鼻だった。〝普賢菩薩《ふげんぼさつ》の乗物〟（象）かと思える。異様に長く伸びていて、先のほうが少し垂れて色づいているのがことのほか嫌な感じである。肌の色は雪も顔負けに白く、青みがかって、おでこはこの上もなく腫れている上、下にもまだ顔が続いているのを見ると、おおかた恐ろしく長い顔なのだろう。しかも瘦せていることといったら痛々しいほど骨張って、肩のあたりなどは服の上からも痛そうなほどに見える」(「末摘花」巻)

こんな容姿の上、寒夜のこととて、黒てんの毛皮のコートを着ている。それは通常、男が着るもので、紫式部の時代には流行遅れだったのに、貧しくて、そんなものしかなかったのです。唯一、髪だけは源氏が美人と思う人にもひけを取らないほどではありましたが、その姿を見た源氏は、

「どうしてこうも一つ残らず見てしまったのか」

と悔やんでしまうほど。しかし、物珍しさにしぜんと目が釘付けになってしまうという醜貌なのです。

『源氏物語』の美女の描写はあっさりしています。

なのになぜブスに限ってこんなに詳しいのか。私は、マイナスの描写が異様に詳しい『法華経』などの仏典の影響があるのではないかと考えていて、かつて『ブス論』などで考察したので詳細はそちらをご覧頂くとして……。

そもそもなぜこれほどのブスが『源氏物語』には登場するのか、という問題があります。

よく言われるのは、源氏や紫の上といった主要人物の美を引き立てるためという説ですが、それならブスは末摘花一人で良さそうなのに、ほかにも人妻の空蟬は、

「目は少し腫れた感じで、鼻などもすっきりしたところがなく老《ふ》けた感じで、つややかなところもない。〝言ひ立つればわろきによれる容貌《かたち》〟（はっきり言えば悪いほうに属する容貌）」（「空蟬」巻）

だし、花散里《はなちるさと》は、養子となった夕霧が、

「〝容貌のまほならずもおはしけるかな〟（ずいぶん不細工な方だったんだな）。こんな人でも父はお見捨てにならなかったのか」（「少女《おとめ》」巻）

と驚くほどのブスです。

悪役だった『源氏物語』以前のブス

いや、ブスというだけなら、『源氏物語』以前の文学にも出てくるんですよ。

『古事記』『日本書紀』はもちろん、『源氏物語』より少し前にできた平安文学の『う

つほ物語』にも出てきます。

けれど、それらの文学と『源氏物語』の違いは、ブスを悪役にしていないこと、これに尽きます。

『古事記』『日本書紀』のブスといえば、天皇家の先祖であるニニギノ命《みこと》が地上で初めて妻にしたコノハナノサクヤビメの姉のイハナガヒメですが、彼女は人類を短命にした悪役です。というのも彼女は、ニニギが見そめたコノハナノサクヤビメとセットで、ニニギの妻になるはずでした。ところがその醜さを見たニニギが恐れをなして、結婚せずに返してしまったために、『古事記』によれば〝天皇命等《すめらみことたち》〟が短命となり、『日本書紀』によれば〝世人《よのひと》〟が短命となります。

コノハナノサクヤビメは繁栄を、イハナガヒメは長寿を司る神だったからですが、イハナガヒメは結果的に人を短命にしたわけで、悪役を担わされているのです。

ブスが悪役というのは『うつほ物語』でも同様です。〝年老い、かたち醜き〟故左大臣の北の方はその財力で男を通わせるものの、男が冷たいので、代わりに継子に恋文を贈るも相手にされず、果ては継子に罪を着せて捨てられたあげく、零落してしまうという憎まれ役です（「忠こそ」巻）。『うつほ物語』では、悪役は醜いという法則があって、東宮妃である昭陽殿も〝あるが中に年老い、かたちも憎し〟さらに〝心のさがなきこと二つなし〟という見た目も性格もブスという設定で、もちろん、東宮には嫌われています（「あて宮」巻）。

『源氏物語』以前ではこのようにブスは悪役でした。

それが『源氏物語』では、ブスが三人も登場する上、全員が源氏の妻や恋人となり、しかも悪役ではありません。

末摘花はブスの上、極貧であるにもかかわらず、源氏の正式な妻の一人となり、二条東院に迎えられますし、空蟬は源氏の妻でもないのに、夫の死後、やはり二条東院に迎えられます。花散里は、紫の上に次ぐ地位の妻となり、母・葵の上を亡くした夕霧や、養女の玉鬘《たまかずら》の世話役として信頼され、源氏死後は二条東院を相続しています（「匂宮」巻）。

しかも三人とも、強い実家がなく、経済的にも苦しい立場にあるのに、です。新婚家庭の経済は妻方で担う、通い婚が基本の当時にあって、貧乏であることは、ブスであること以上に、女の結婚を妨げる欠点です。それは、『うつほ物語』に、

「今の世の男は、まず結婚しようとすると、何はともあれ、『父母は揃っているか、

家土地はあるか、洗濯や綻びの繕いはしてくれるか、供の者にものをくれたり、馬や牛を飼っていたりするのか』と尋ねる。顔形が美しく、上品で聡明な人であっても、荒れた所にあるかなきかのわび住まいをして、貧しそうに暮らしているのを見ると、ああむさくるしい、自分の負担や苦労のもとになるとあわてふためいて、あたりの土をすら踏まない」(「嵯峨の院」巻)

などとあることからも、うかがえます。

一方の『源氏物語』ですよ。

ブス三人、金持ちでもない。

『源氏物語』の何がいちばんやばいって、三人ものブスを主要人物にして、しかも悪役ではないということなんですよ。

これを私は『源氏物語』の「ブス革命」と名づけているほどです。

『源氏物語』のブスが革命的な理由《わけ》

ブスが悪役ではない。そのこと自体が、当時、いかに画期的であったか、詳しく説明しましょう。

まず『源氏物語』以前の文学……とくに平安文学ではブスが悪役であり、不運に見舞われても同情もされません。私は昔からこれが不思議だったのですが、色んな古典文学や、『法華経』『観無量寿経』といった、当時の貴族が親しんでいた仏典、貴族のあいだに浄土教の一大ブームを巻き起こした源信の『往生要集《おうじょうようしゅう》』などを読むにつれ、分かったことは、当時、美醜は前世での善悪業の報いとされていたということです。

『源氏物語』には、美人の形容として、

「すべて〝罪軽《かろ》げなりし御ありさま〟（罪の軽そうなご様子）」（「朝顔」巻）

「前世の〝功徳《くどく》の報《むくい》〟でこのような優れた容姿にも生まれたのでしょう」（「手習《てならい》」巻）

「一般人としては〝いと罪軽きさまの人〟（実に罪の軽そうな容姿の人）」（同前）

という表現があります。

最初が藤壺、後者二例が浮舟のことで、二人とも美人という設定です。

前世の善悪業が現世の幸不幸に影響すると考えられているために、こうした表現が出てくる。

平安文学では、不幸な人は、自分が不幸であると人に知られると、「人の物笑いになる」と恐れていることが多いのですが、根は同じです。

不運なのは前世で悪業を働いたからで、いわゆる「自己責任」であるという考え方があるために、当時の人は不運を恐れ、恥と考えたのでした。

そんな中、末摘花をはじめとするブスたちが悪役でないというのはますます画期的なことです。

美しい人が前世で功徳を積んだ、〝罪軽きさまの人〟であるなら、醜い人は前世での罪の重い人であるはずです。現に『法華経』には、経を誹謗した罪で、地獄に墜ちるだけでなく、容姿も禿げ、痩せ、色黒く、〝疥《ひぜん》・癩《かったゐ》〟といった皮膚病があり、人に憎まれ賤しまれるといったことが描かれています（「譬喩品」）。

前世で罪を犯した人が醜くなるなどの不運に見舞われるとされているわけで、醜さは前世での罪の象徴だったのです。

にもかかわらず、『源氏物語』では、この罪深いはずの末摘花を、悪役にはしていません。

それどころか源氏は、彼女の極貧ぶりと醜貌を見たあと、

「私以外の男はまして我慢できまい。私がこうして馴れそめたのは、彼女の亡き父・

親王が、彼女のことを案じて残していかれた魂のお導きかもしれない」

そう思い、かえっていじらしさがつのって、真面目な様子で、〝常に〟訪れるようになるのです。

そして、妻の一人として、歳暮には、彼女に元日の衣装を用意する。

これは、ブスといえば資産家だったり好色だったり意地が悪かったりして、結局、男に捨てられる設定の、『源氏物語』以前の物語を読み馴れた人々にとっては、驚愕の展開に違いありません。

末摘花の性格設定も、歌もとっさに詠めず、空気も読めず、今でいうコミュ障的なところはありこそすれ、一途に源氏を待ち続ける貞淑さと、さすがに〝人の言ふことは強うもいなびぬ御心〟（人の言うことは強く拒めないご性格）（「末摘花」巻）といった美点（ある種、男に都合のいい素直さでもある）を備えた人として描かれている。

まさに、既存の価値観への「挑戦」です。

こうした設定は、『源氏物語』が仏教文学と思えるほどに仏教の影響を強く受けていることを合わせて考えると、ますます驚くべきことです。

『源氏物語』の主要人物は源氏をはじめ、藤壺、朧月夜《おぼろづきよ》、浮舟……と、出家をしている人が多く、紫の上も最後まで出家を志向していたという設定です。〝光る源氏〟という設定自体、眉間から光を放つとされる仏（『観無量寿経』）を思わせますし、紫式部はその日記で、

「他人がどう言おうと、ただ阿弥陀仏に向かって、たゆみなく経を繰り返し唱えることにしましょう。世の中の厭わしいことはすべて露ばかりも心もとまらなくなったのですから、聖《ひじり》になったとしても怠けるはずはありません。ただ一途に世を背いても、ご来迎の雲に乗るまでのあいだに、心が迷ってぐらつくこともありそうです。それで出家をためらっているのです」

と、出家を考えるほど仏教に深く傾倒しています。

そんな紫式部であるだけに、なおのこと末摘花の設定は衝撃的かつ文学的実験に満ちたものであると思うのです。

第3章　モデルがやばい……実在した天皇や嫂《あによめ》まで！

存命中の僧侶を含め、リアル・モデルがたくさん

リアリティということでいうと『源氏物語』の登場人物は、多数の実在の人物がモデルにされていると言われています。

主人公の源氏は、貴族政治の頂点を極めた藤原道長をはじめ、醍醐天皇の皇子で源氏を賜姓され、左大臣として活躍するものの、失脚して大宰府へ左遷された源高明《みなもとのたかあきら》、色恋に生きた在原業平《ありわらのなりひら》、その兄で須磨で謹慎することになった在原行平《ゆきひら》等々、モデルとされる人物は多々います。

また、源氏の父・桐壺帝は醍醐天皇がモデルとされ、『源氏物語』では死後、地獄の責め苦を受ける中、須磨で謹慎する源氏を案じ、その夢に現れます。一方、醍醐天皇にも堕地獄説があり、『北野天神縁起』では、菅原道真の祟りで地獄に墜ちた天皇を、僧の日蔵《にちぞう》が訪ね、蘇生してその話を伝えるという設定になっています。

宇治十帖の〝横川の僧都〟に至っては、同名の呼び名のあった同時代の源信がモデ

ルとされています。横川の僧都が宇治十帖に登場した時は六十歳余りで、五十代の妹尼、八十代の母尼がいるという設定ですが、

「この僧都は源信をモデルにしたことはほぼ間違いないところである。また妹も安養尼と推察される」（石田瑞麿《みずまろ》校注『源信』解説）

といいます。

醍醐天皇は『源氏物語』ができる七十八年ほど前に死んだ人です。それに対して〝横川の僧都〟こと源信は、『源氏物語』が書かれたとされる一〇〇八年にリアルタイムで生きていた。宇治十帖が書かれたのはそれよりあとかもしれませんが、いずれにしても、当時の人にとっては「今の人」です。

醍醐天皇をモデルにしたと思しき桐壺帝が出てきた時点では、「これって昔の物語なんだな」と思って読み進めていたのが、宇治十帖に至って〝横川の僧都〟が登場すると、「これって今の物語なんだ！」と、ストーリーが一気に身近に迫ってくるわけです。

実在の人物をフィクションに登場させるという手法は、現在でも行われていることで、古い例ですと、漫画『巨人の星』には巨人軍が出てきて、監督も川上哲治《てつはる》監督で

す。

こうした手法を取ると、より現実らしく見えるのと、モデルがいてその言動がある程度分かっていますから、物語にも整合性や深みが出る。何より読者は物語を身近に感じるという効果があります。

紫式部がそれを狙ったかは分かりませんが、「この物語を〝作り事〟と思ってもらっては困る」というのが紫式部のスタンスですから（↓第1章）、リアリティを追求する過程で、しぜんと実在の人物がモデルになったのではないでしょうか。

嫂はスケべな老女・源典侍のモデルにされて辞表提出？

中には、『源氏物語』のモデルにされて、不名誉な目に遭った人もいるようです。

それが源典侍《げんのないしのすけ》のモデルです。

源典侍は桐壺帝に仕える老女房で、身分が高く、気働きもあり、上品で人々の信望もありながら、物凄く浮気な性格で、色恋方面では軽々しい。それで源氏は「こんなにいい年をして、なぜこうも乱れているのだろう」と好奇心を抱いて口説いたところ、まんざらでもない反応で、男女の仲になった。それを源氏の親友の頭中将《とうのちゅうじょう》が聞きつけ、「こういうのはまだ思いつかなかった」と、典侍の好色心を試したくなって、こちらもねんごろになった。

この時、典侍は五十七、八歳。源氏は十九歳で、頭中将の正確な年齢は不明ですが二十代であることは確実です。そんな頭中将は、源氏が常日ごろから真面目ぶって、いつも自分を非難していることが面白くなくて、源氏をぎゃふんと言わせてやろうと狙っていました。

そして、宮中の温明殿《うんめいでん》で源氏と典侍が寝ているところを発見したのを幸いに、忍び込んで太刀で脅すと、源氏は「今なおこの典侍が忘れかねているとかいう修理大夫《すりのかみ》かな」などと面倒に思っている。典侍は好き者らしく、さらに恋人らしき人がいるんですね。結局、相手が頭中将と分かって、最後はドタバタ劇になるという笑われ役です。典侍はのちに七十過ぎて尼になった姿でも登場し、相も変わらず色めいた受け答えをして、源氏に呆れられています。

この源典侍のモデルが、角田文衞によると、紫式部の夫の藤原宣孝《のぶたか》の兄・説孝《ときたか》の妻の源明子だというんです。

「長保・寛弘年間において『源典侍』と呼ばれていた女官は、源朝臣明子ただ一人で」「この明子は、紫式部の嫂《あによめ》であった」「明子の夫・藤原朝臣説孝は、『尊卑分《そんぴぶん》脈《みゃく》』（第二編、高藤公孫）を按ずるまでもなく、紫式部の夫・宣孝の同母兄であった」（『角田文衞著作集』第七巻）と。

　角田氏曰く、源明子が、「浮気な『色好む者』であったかどうかは今日では証明できない」ものの、問題は、「当時の読者が源典侍と言えば誰もが源朝臣明子を想起したこと、また何人も源典侍と明子との想念上の結びつけができぬほど明子が貞潔な婦人ではなかったらしいことにある」（同前）

　といい、寛弘四（一〇〇七）年五月七日、時に五十歳ほどの明子が、辞表を出して宮仕えを退こうとしたのは、『源氏物語』の源典侍と彼女を同一視する女房たちのひそひそ話に堪えられなくなったからではないか、といいます。

「明子の辞表は、余りにもひどい噂に堪えきれなくなった気弱さと、甚だしい名誉毀損に対する抗議とに由来したものと理解すべきである」（同前）

　というのです。

　筆禍事件とでも言うべきでしょうか。

　結局、明子の辞表は受理されず、最終的に明子が致仕《ちじ》したのは寛仁二（一〇一八）

年のことです。

ちなみに、紫式部に〝日本紀の御局〟とあだ名を付けた左衛門の内侍（→第1章）は、寛弘四年の明子の辞表提出の際、明子が後任に指名した人で、親しい部下であったといいます。そんな彼女が紫式部に「激しい憎悪の念を抱き、事毎に彼女の悪口を言ったとすれば、寧ろそれは、紫式部にとって自業自得ではなかったか」と、角田氏は指摘しています。

本当のところは分かりませんが、あり得ぬことではないかもしれません。

第4章　舞台がやばい……心霊スポットや墓域で物語が展開！

源氏の邸宅は当時の心霊スポットがモデル

登場人物の多くにモデルがいたと推定されている『源氏物語』ですが、正確には特定の誰かをモデルにしたのではなく、無名の人をも含めた多くの人々をモデルにしながら、紫式部の頭の中で作り上げられたことには違いありません。

しかし『源氏物語』の舞台については、すべて実際の土地や宮殿や屋敷がモデルとなっていると断言できます。

京の中川、宇治、小野、須磨、明石といった地名が実際のものであるのはもちろんのこと、藤壺、弘徽殿《こきでん》、梅壺、承香殿《しょうきょうでん》といった、宮中の後宮の殿舎はすべて、当時のそのままの呼び名が使われています。とくに宮中の細かな位置関係は、実際に宮中を見ていた紫式部ならではの、正確さです。ちなみに紫式部の仕えていた彰子中宮は藤壺を宮中での住まいとしていました。藤壺は飛香舎《ひぎょうしゃ》の別名で、壺（中庭）に藤が植えてあるところから名づけられました。桐壺は淑景舎《しげいさ》の、梅壺は凝華舎《ぎょうかしゃ》の別名で、やはり中庭に桐や梅が植えてあるところからその名があります。

貴人はその住まいの呼び名が、その人自身の呼び名にされることが多いのも当時の特徴で、藤壺中宮というのは、藤壺に殿舎を構えている中宮であるため、そう呼ばれるのです。

源氏が晩年、六条院と、物語の中で呼ばれているのも、彼が六条院を住まいにしていたからです。

そして、六条院を含めた源氏の屋敷にも、それぞれモデルがあります。

源氏の母・桐壺更衣の里邸で、のちに源氏から紫の上、彼女の継孫の匂宮に引き継がれる二条院は、もとは二条院と呼ばれていた陽成院がモデルというのが室町初期の『河海抄《かかいしょう》』以来の説。その後の『花鳥余情』（室町中期）では、同じくもとは二条院と呼ばれていた法興院がモデルという説が浮上して、現在はこちらが有力です。

また、源氏が六条御息所の遺児・秋好中宮《あきこのむちゅうぐう》を養女にしたのをきっかけに、御息所の邸宅を広げて作った六条院は、河原院がモデルとなっている。

この陽成院や法興院、はたまた河原院が、いずれも曰くつきの屋敷、いまでいう心霊スポットなんですよ。

まず二条院のモデル説の一つである陽成院は、もとは二条院という名の屋敷だったのが、陽成院（八六八～九四九）が住んでいたことからその名が付いています。この屋敷は、院の死後、敷地の中央を東西に走る道を通し、北の町は人家になり、南の町は池などが少し残っていました。主としてこの南の町のほうが心霊スポットとして有名でした。

平安末期の『今昔物語集』によると、その南の町に人が住んでいた時のこと。夏の夜、西の対屋《たいのや》の縁側に人が寝ていると、身長三尺（九十センチ）ほどの翁がやって来て顔を触る。恐ろしくて狸寝入りしていたところ、翁はそっと立ち上がり、池の汀《みぎわ》に行って消えてしまいました。

その後も夜ごとに顔を触るので、これを聞いた人は皆、怖がっていた。ところがそこに〝兵立タル者《つはものだち》〟（いかにも武士らしい勇ましい者）がいて、

「俺がその顔を触る奴をきっと捕まえてやる」

と言って、その縁側にひとりで縄を持って一晩中待っていました。が、宵のうちには現れず、待ちくたびれて少しうとうとしたところに、顔に冷たいものが当たったの

で、起き上がってとらえ、縄で縛り上げて、高欄《こうらん》（欄干）に結わえつけました。そうして人を呼び、灯りをともして見てみると、三尺ほどの小さな翁が、上下とも浅黄色《あさぎ》（黄味がかった薄い青色）の衣をつけて、死にそうになって目をしばしばさせている。しばらくして少しニヤリとして、あちこち見回し、か細い声で、

「盥《たらい》に水を入れて持って来て下さらぬか」

と言う。その通りにしてやると、翁は首を伸ばして盥に映る自分の姿を見て、

〝我レハ水ノ精《たま》ゾ〟

と言って水の中にずぶりと入るや翁の姿は消え、盥の水が見る見る増えてこぼれるほどになった。縄は結ばれたまま水の中にあって、盥の水を池に入れると、以後、翁が現れて人をなでることもなくなったといいます（巻第二十七第五）。

陽成院の池には水の精が棲むようになっていたわけですが、水の精である翁をとらえた男には何の被害もなく終わっている。

一方、『宇治拾遺物語』の伝える類話はそうではありません。

陽成院が退位後に住んでいた御所（陽成院）の大きな池に臨む釣殿《つりどの》で、警備の者が寝ていた。すると夜中ころに、痩せ細った手で顔をそっと撫でる者がいる。薄気味悪

く思って太刀を抜いて片手でつかむと、上下とも浅黄色の衣を着た……と、ここは『今昔物語集』と同じです……翁が、ことのほかみすぼらしい姿をして、

「私は昔ここに住んでいた主だ。浦島太郎の弟だ。〝古《いにしへ》〟からこの場所に住んで千二百年以上になる。願わくばゆるしてほしい。ここに社を作って祭ってくだされ。そうすれば、あなたを守護しましょう」

と言う。警備の男が、

「私の一存では決めかねる。この由を院に報告してから」

と答えたところ、翁は、

「憎い言い草だ」

と言うと、尋常でない大きさになって、男を三度上に蹴り上げ、〝なへなへくたくた〟とさせたあげく、落ちてくる男を、一口で食ってしまったのでした（巻第十二）。

この話では、怪異が起きたのは陽成院が在世中のことで、その住まい（陽成院）の池には、太古の昔から浦島太郎の弟と称するような物の怪が棲むという設定です。つまりはもともと曰く付きの場所だったというわけですが、実は、陽成院は〝暴悪無双〟で、殺人を犯して退位したと言われるミカドです（『玉葉』承安二年十一月二十

日条)。
そんな曰く付きのミカドの退位後の御所が、奇しくも曰く付きの場所であったわけです。

二条院のもう一つのモデル説である法興院は、道長の父・兼家(九二九〜九九〇)の別邸で、もとはやはり二条院と呼ばれていました。ここももともと物の怪が棲む恐ろしい所だったのに、兼家は意に介さずに、好んで住んでいた。そのうち発病し、本邸に戻って療養後、五月八日に出家して、そこを寺にしたものの、死んでしまったといいます(『栄花物語』巻第三)。
陽成院・法興院のどちらがモデルであったとしても、『源氏物語』の二条院が曰く付きの邸宅をモデルにしていたことには変わりありません。

六条院のモデルは怪異のデパート河原院

一方、源氏が中年になって造成し、天皇よろしく、女たちを集めて住まわせた六条院は、『源氏物語』によると〝六条京極のわたり〟に位置し、秋好中宮が母・六条御息所から伝領した旧邸を四町に広げて造成した大邸宅です。

敷地は四区画に分けられ、庭園はそれぞれ四季をテーマに造られている。

そのモデルは河原院と言われており（『源氏物語湖月抄』ほか多数）、定説となっています。

この河原院が、紫式部の時代には有名な心霊スポットでした。

河原院はもともと嵯峨天皇の皇子の源融《みなもとのとおる》（八二二～八九五）が、六条大路の北に建設した壮大な邸宅で、庭園は、陸奥の塩竈《しおがま》を模し、池に海水を汲み入れるという贅を尽くした作りで有名でした。融の死後、九一七年に邸宅は宇多法皇（八六七～九三一）の手に渡り、院政期の説話集『江談抄《ごうだんしょう》』によれば、法皇が、寵姫の京極御息所と河原院を訪れ、〝房内《ぼうない》の事〟を始めたところ、塗籠《ぬりごめ》（周囲を壁で塗り固めたウォークインクローゼット的な納戸部屋）から人が現れ、

「融でございます。御息所を頂戴したいと存じます」

と言った。

法皇が、

「そなたは生前、私の臣下だった。私は主上だぞ。なんでみだりにそのようなことを

言うのだ。罷《まか》り去れ」

と言うと、融の霊は法皇の腰に抱きついて、御息所は半死半生となったといいます（第三　三十二）。

同じ話は鎌倉時代の『古事談』巻第一にもあり、また『今昔物語集』巻第二十七第二や『宇治拾遺物語』巻第十二にも宇多法皇が河原院に滞在中、融が現れたことが記されています。

融がなぜ宇多院に意趣《いしゅ》を抱くようになったかと言うと、皇位を巡る恨みが絡んでいます。

平安後期の歴史物語『大鏡』の伝えるところによると、太政大臣の藤原基経が陽成院を退位させて光孝天皇を即位させようとした際、

「近い皇胤を求めるならここに融もおりますが」

と融が言った。けれど、

「いったん姓を賜って臣下としてお仕えした人が皇位についた前例はない」

と、基経に退けられてしまいました（『日本三代実録』光孝天皇元慶八年六月十日条によれば、融は陽成天皇の即位以来、自宅に引き籠もっていたとあります。そのた

め、この朝議には出席していなかったという説もあります）。

ところが宇多院は、融と同じく源氏に下っていたのに皇位についた。しかもそれを推進したのはほかならぬ基経なのですから、融が納得できるわけもありません。けれど基経はその四年後の八九一年に死んでしまったので、恨みは即位した宇多に向かった。しかもよりによって河原院は、融の子息によって宇多（当時は法皇）に献上されてしまったのですから、融が宇多を逆恨みするのも無理はありません。

平安中期の漢詩文集『本朝文粋《ほんちょうもんずい》』巻十四には、宇多法皇が融の霊を慰めるため供養をした際の願文「宇多院の河原院左大臣の為に没後諷誦《もつごふじゅ》を修《しゅ》する文」が収められています。

それによれば、延長四（九二六）年、融の〝亡霊《まうりやう》〟が女官に憑いて、自分（融）は地獄に墜ちたと言っており、〝昔日《せきじつ》の愛執《あいしふ》〟によって、時々河原院を訪れている、と。そこで宇多は融の苦を除くため、七箇所の寺に布施と願文を納めることにしたといい、河原院には実際に融の霊が現れていたようです。

この河原院は、宇多院の死後は寺となります。

以下の話はその前のことかあとのことか、よく分からないものの、河原院の怪異を物語っています。無人のままになっていた河原院に、東国から都に位を買いに来た人が泊まったところ、妻だけが中に引きずり込まれ、どうやってもどこの入り口も開かない。夜になったので斧《おの》で戸をたたき開けると、妻は傷もないまま竿にかけられて死んでいたので、人々は鬼に吸い殺されたのだと言い合ったといいます（『今昔物語集』巻第二十七第十七）。

こんなふうに名高い怪奇スポットであった河原院は、若き日の源氏が夕顔と過ごした〝なにがしの院〟のモデルとも言われています。〝なにがしの院〟は、源氏が六条御息所の屋敷に通っているころ、ついでに五条にある乳母の家を訪れた、その家の傍らにあった夕顔の宿に近い廃院です。つまり、六条御息所の邸宅にも近かったわけで、御息所の敷地を拡張して造られた六条院には、この廃院があった敷地も含まれているという設定なのかもしれません。

『源氏物語』によると、夕顔と同衾していた源氏は、夢に高貴な女を見ます。彼女は、「自分がとても素晴らしいと拝見している方のことはお訪ねにもならないで、こんな特段のこともない人を連れて来て、可愛がっていらっしゃるとは、ほんとに心外で恨めしい」（〝おのが、いとめでたしと見たてまつるをば、尋ね思《おも》ほさで、かくことなることなき人を率《ゐ》ておはして、時めかしたまふこそ、いとめざましくつらけれ〟）（「夕顔」巻）

と恨み、傍らにいる夕顔を揺り起こそうとしている（このセリフの解釈については諸説あるのですが、ひとまず右記のように訳しておきます）。

源氏がそんな夢を見て、ものに襲われる心地がして目が覚めると灯りが消えている。夕顔はわなわなと震えだし、人に灯りを持って来させて照らして見ると、その枕元に、夢で見たのと同じ容姿の女が幻となって見えて、ふっと消え失せてしまった。と、夕顔はどんどん冷たくなっていき、死んでしまったという設定です。

この女の物の怪が古来、六条御息所とも言われるものの（『源氏物語湖月抄』など）、御息所であれば源氏が夢に見てその人と気づかぬわけはありません。のちに御息所の生き霊は、源氏の正妻の葵の上に憑依して、その声や態度で源氏に見破られますが、この「夕顔」巻時点ではまだそこまでの構想が熟しておらず、土地に憑いた御息所の先祖の死霊などが御息所に味方して、こんなことを言ったのではないかというのが私の考えです。

ついでにいうと、この夕顔変死のエピソードとそっくりの話が、『古今著聞集《ここんちょもんじゅう》』には伝わっていて、具平《ともひら》親王が〝雑仕《ざふし》〟（下級女官）を寵愛し、遍照寺へ伴ったところ、その雑仕は〝物〟（物の怪など得体の知れぬ魔性のもの）に取られて死んでしまった。親王は嘆いて、彼女と自分が、二人のあいだにできた子を置いて見ている絵を、車の窓の裏に書いて、御覧になっていたといいます。ある時、牛飼いが間違って窓の裏を表にしたものの、そのまま改められることなく、今も親王家では〝おほかほの車〟と言っているとのこと（巻第十三）。

〝おほかほ〟とは大顔の意で、雑仕の名とも言います。

紫式部の父方いとこである藤原伊祐《これすけ》の子の頼成《よりしげ》は、具平親王の落胤ですから（『権《ごん》記《き》』寛弘八年正月□〈日にち欠〉日条）、あるいはこうした話も聞き知って参考にしたのでしょうか。

八の宮邸に棲みついていた物の怪

あとで詳しく触れるように、当時の物の怪は死霊が定番で、生き霊は『源氏物語』独自のものと言われていますが（藤本勝義『源氏物語の〈物の怪〉——文学と記録の狭間』）、『源氏物語』には六条御息所の生き霊のほか、その死霊や、法師の霊も登場します。

宇治を舞台とする「宇治十帖」では、八の宮のほか、長女の大君《おおいぎみ》が死に、さらに劣《おと》り腹《ばら》の三女の浮舟が自殺未遂をします。浮舟は瀕死の状態でいたところを、見知らぬ僧（横川の僧都）に助けられ、僧都が加持祈禱をすると物の怪が現れます。その物の怪が言うには、

「おのれはここまでやって来て、かように調伏《ちょうぶく》されるような身ではない。昔は修行を積んだ法師だったが、些細なことで恨みを残し、成仏できずに漂いさまようちに、綺麗な女がたくさん住んでおられる所に棲みついて、一人は取り殺したが、この人（浮舟）は自ら世をお恨みになって、私はなんとか死にたいと、夜昼言い続けていたのに力を得て、真っ暗な夜、一人でいらしたところをさらったのだ。けれど観音が二重三重に守っていらしたので、この僧都に負けてしまった。もう退散しよう」

そう叫び、僧都が名を名乗るように問うと、よりましの力が弱いせいか、まともな答は得られないのでした。

ここで加持祈禱について説明すると、当時、原因不明の病気は、物の怪のしわざと

考えられていたので、加持祈禱をし、「よりまし」と呼ばれる人に物の怪を乗り移らせて、その正体や要望を聞き、供養などして対処していました。

注目すべきは、宇治十帖の舞台となる亡き八の宮の宇治の屋敷に、いつのころから か、法師の霊が棲みついて、姫たちに取り憑き、死へと誘っていたという設定です。

これじゃあ幽霊屋敷です。

そもそも宇治の土地自体、『源氏物語』で有名になる前は、百人一首にも入った喜《き》撰《せん》法師の〝わがいほは都のたつみしかぞすむ世をうぢ山とひとはいふなり〟で知られるくらいで、『更級《さらしな》日記』にも、宇治を訪れた作者が、

「〝紫の物語〟(『源氏物語』)に、宇治の八の宮の姫宮たちのことが書かれているが、一体いかなる所だからというので、よりによって宇治に住まわせる設定にしたのだろうと以前から見たかった所なのだ」

と、あります。当時の人にとっては、なぜ宇治を舞台にしたの？　と不思議になるような土地だったわけです。

二条院や六条院のモデルが有名な心霊スポットであったことを考えると、宇治もまた、そうした土地だったのではないか……そんなふうにかねがね私は思っていたので

すが、実は、そのものズバリなのです。

宇治十帖の舞台は全部が墓域

梅山秀幸によると、中世までは、宇治十帖を読む前に前提となる知識があって、それが『源氏物語』の解説書である『花鳥余情』に描かれるウヂノワキイラツコの説話だといいます（『後宮の物語——古典文学のレクイエム』）。ウヂノワキイラツコとは『日本書紀』によれば、応神天皇の愛息子《まな》で、兄のオホヤマモリやオホサザキ（仁徳天皇）を差し置いて、父天皇によって皇位継承者に指名されました。結局、オホヤマモリはウヂノワキイラツコとの戦いで命を落とし、残されたオホサザキとウヂノワキイラツコが皇位を譲り合っているうちに、ウヂノワキイラツコが自殺して、オホサザキが皇位についた。ウヂノワキイラツコは宇治に宮を造って住んでおり、海人が鮮魚を献上したところ、「私は天皇ではない」と受け取らず、難波のオホサザキのもとに届けさせたものの、オホサザキもまたこれを返して、宇治に届けさせているうち、鮮魚は腐ってしまった。こういうことが繰り返されたため、天下の煩いをなくそうと自殺したのです。『花鳥余情』によると、ウヂノワキイラツコは兄に天皇位を譲って宇治にこもり、「宇治十帖」の八の宮は弟の冷泉帝に東宮を越されたあげく宇治に隠居した、つまり宇治の八の宮は、このウヂノワキイラツコをモデルにしているというのです。

この説は近世になって否定され、八の宮が特定の人をモデルにしているかというと真偽のほどは分からないとしか言いようがありません。問題は、『延喜式』に定められるウヂノワキイラツコの墓陵というのが東西十二町、南北十二町と「途方もなく広大」なことです。ウヂノワキイラツコは宇治の朝日山に葬られているんですが、「その山陵部全体が墓域にされたと考えられる」（梅山氏前掲書）といいます。つまり、「『源氏物語』は『延喜式』で墓場と定められた空間でくり広げられる」

というのが梅山氏の主張です。

「亡霊をよみがえらせ、語らせ、そして遊ばせる。これは怪談めいているが、近世以後の読者たちはその怪談仕立てに気がつかなかった。いや、「怪談」という概念そのものが近世以後のものであろう。死者の想い出の世界を舞台にして慰められない魂をいやすのは「物語」の本性に根ざしている」（同前）

とも。

二条院といい六条院といい、そして宇治といい、『源氏物語』のメイン舞台とされた場所が、心霊スポットだったり墓場だったりという事実を見ると、梅山氏の説も一理あるという気がします。

ここで霊魂の慰められる死者とは、必ずしも特定の人物とは限らないでしょう。また、死者に託して物語を展開することで、心癒やされ、慰めを得るのはあくまで生きた人間でしょう。

紫式部は家集でこう歌ってもいます。

〝亡き人にかごとをかけてわづらふもおのが心の鬼にやはあらぬ〟

この歌は詞書によれば、物の怪のついた醜い女の後ろで、鬼となった先妻を、小法師が縛り、夫は経を読んで物の怪を責めている、そんな絵を見て詠まれた歌です。

「女についた物の怪を、亡き人（先妻）のしわざという言いがかりをつけて、苦しんでいるのも、実際には自分自身の心の鬼……良心の呵責……に苦しめられているということではないか」

というのです。

紫式部は、物の怪とは、人の心の生んだ幻影だと考えていたわけです。

そんな彼女が、心霊スポットを物語の舞台に選んだり、複数の物の怪を登場させたりしたのは、当時の人々のもつイメージを有効に活用しながら、生きている人間の心理というものをより効果的に表現するためかもしれません。

第５章　生き霊がやばい……日本初の生き霊物語！

『源氏物語』は、当時有名な心霊スポットや墓域を舞台に展開していました。

それだけでもなんだかぞくぞくしてきますが、そもそもこの物語には、ホラーな要素が多いんです。

その最たるものが、「物の怪」です。

『源氏物語』はホラーである

源氏の夢に現れ、夕顔を取り殺した女の物の怪（六条御息所の生き霊という説もあります）、浮舟に対する横川の僧都の祈禱で現れた、宇治の八の宮邸に棲みついていたと称する法師の霊……。

中でも有名なのが、源氏の正妻・葵の上に取り憑いて死なせたという設定の六条御息所の生き霊です。

この生き霊が、マジでやばい。

当時、原因不明の病気や不調は、物の怪のしわざと考えられていて、加持祈禱をして、「よりまし」と呼ばれる人に物の怪を駆り移し、物の怪の正体や要望を聞いて、対処していたことはすでに述べましたよね（↓第4章）。

物の怪は、人の弱り目をつくようで、妊娠中の葵の上には、さまざまな物の怪が取り憑いて苦しめていました。

しかし、葵の上は左大臣のお嬢様。母は源氏の父・桐壺院の姉妹（大宮）、夫は源氏、兄弟は頭中将という錚々たる家柄と威勢を誇っています。周囲は加持祈禱にも力を尽くし、彼女が産気づくと、尊い験者《げんざ》たちがいっそう祈禱の限りを尽くします。

すると……以前からしつこく取り憑いていた一つの物の怪がいたんですが、この物の怪が、さすがに音を上げて、

「少しご祈禱をゆるめてくださいな。源氏の大将に申し上げたいことがあります」

と、取り憑いた葵の上の口を借りて言います。

周囲は「何か理由があるのかもしれない」と思い、また、葵の上本人もいまわの際の様子なので、「遺言しておきたいことでもあるのかもしれない」と、父・大臣や母宮も少し後ろへ下がり、葵の上は源氏と二人きりになります。そのまなざしは、いつもは気詰まりで、こちらが気後れするような感じなのに、今は衰弱して、とてもだる

そうに見上げて、源氏をじっと見つめ、涙をこぼしている。

源氏と葵の上の夫婦仲はぎくしゃくしていたのですが、そんなふうに衰弱した葵の上を、源氏はしみじみ愛しく思います。

そして目の前の葵の上があまりに激しく泣くので、

「気の毒な両親のことを思い、こうして自分と顔を合わせるにつけ、名残惜しいのだろう」

と考え、

「何事もそんなに思いつめないで。きっと良くなるよ」

などと慰めました。すると、葵の上は言うのです。

〝いで、あらずや〟（いえ違うのよ）（「葵」巻）と。

「私自身がとても苦しいので、しばらく祈禱をやめてほしいと申し上げたくて。こうしてやって来ようとはまるで思わなかったのに、物思う人の魂はたしかにさまようものでした」

と、なつかしげに言って、

〝なげきわび空に乱るるわが魂《たま》を結びとどめよしたがひのつま〟（つらい嘆きに耐え

かねて、空に迷い乱れる私の魂を、下前の褄《つま》を結んで、つなぎとめてよ、私のあなた)

と、歌を詠む〝声〟と〝けはひ〟が葵の上ではないのです。

「これはおかしい」と、思い巡らすと、

〝ただかの御息所なりけり〟(まさにあの御息所なのだった)

源氏が、冷や水を浴びるような思いになって、〝うとまし〟い気持ちになるのも当然です。

ちなみに、〝したがひ〟とは着物の前をあわせた時、下になる部分で、その〝つま〟(下の角)を結ぶと、迷い出た魂が戻るという俗信があったといいます。

目の前の女性と、声や気配が別人というのは、映画「エクソシスト」で、悪魔に体を乗っ取られた少女が野太い声を出していたのにも似て、恐ろしくも斬新な発想に見えます。

が、加持祈禱によって物の怪を駆り移された平安時代の「よりまし」は、その物の怪になりきって泣いたり喋ったりするといった演劇的な要素があったでしょうから、たとえば女の「よりまし」が、男の声色を使うということもあったでしょう。御息所に取り憑かれた葵の上が、姿形は葵の上のまま、御息所の声と気配になるというのは、当時としてはあり得る発想です。とはいえ、そうしたことを描いた物語は『源氏物語』以前にはないし、そもそも生き霊が物語で活躍すること自体、『源氏物語』が初めてらしいのです。

憑依する側の心理を描いた初の物語

国文学者の藤本勝義は、

「憑霊現象は、史書・記録類や文学作品を問わず、ほぼ全ての例が物の怪に憑かれた側からの視点で記されてきたのだが、源氏物語は、憑霊者の御息所を主体とした物語を展開させた」（『源氏物語の〈物の怪〉――文学と記録の狭間』）

と指摘しています。

しかも、当時の記録に描かれる物の怪というのはすべてが死霊。

「源氏物語以前に、生霊の実態が記されることはなかった」

「生霊の具体的な描写、それは源氏物語の作者の創作なのである」（同前）

というのですから、『源氏物語』がいかに画期的な作品であるか、分かるというものです。

第4章でも紹介したように、紫式部は、物の怪を、生きている人間の良心の呵責が見せる幻影と考えていました。藤本氏はこの紫式部の物の怪観に注目し、

「六条御息所の物の怪は、唯一人向き合った光源氏の見た幻影であり、御息所への良心の呵責のなせる業《わざ》とする解釈や、御息所の自己暗示を重視する解釈が出てくるわけである」（同前）

としています。

物の怪を多くの人が信じていた当時、『源氏物語』の生き霊の記述は、人々を震え上がらせたことでしょう。一方、科学や心理学が発達した社会に生きる現代人にとっても、なるほど！　と納得できるようなリアルな物の怪描写となっている。物の怪に憑かれる側でなく、憑依する側……しかも死霊ではなく生きた人間の怨念が物の怪となって、人に取り憑くという発想は、なるほど、物の怪の背後には生きた人間の心理があると確信している紫式部だからこそ描けた世界でしょう。

実は、御息所には、葵の上を恨む理由がありました。

前東宮妃だった御息所は、葵の上に劣らぬ身分とはいえ、夫も父・大臣も死に、再婚相手のはずの源氏には、正式な妻扱いされない……。しかも不仲と聞いていた正妻の葵の上は妊娠。「妻とはしていない」と口説かれて関係を結んだ愛人が、妻の妊娠を知ってショックを受けるというようなことは今もありそうですが、御息所はそういう状況にあった。折しも賀茂の新斎院の御禊《ごけい》が行われる祭の日、源氏が行列に加わるというので、葵の上は人々の勧めで出かけ、御息所も物思いが慰められるかと、ごくお忍びで見物に出かけます。ところが、両者のあいだに車の場所争いがあって、御息所の車は、葵の上の従者にめちゃめちゃにされるという事件が起きてしまう。

それを知った源氏は、御息所を気の毒に思うと同時に、葵の上が優しさに欠けるせいで、こうした事件が起きたのだと、不快にも感じていました。

まして御息所は、この日を境に物思いに悩むことが増え、〝御心地も浮きたるやうに〟(ご気分も不安定に)なって、病人のようになってしまいます。ちょうど前東宮とのあいだにできた姫宮(のちの斎宮女御＝秋好中宮)が伊勢の斎宮に決まったこともあり、源氏との将来に絶望的になっていた御息所は、娘と一緒に伊勢に下ろうか迷ってもいました。けれどそれを源氏は引き留めるわけでもなかったのです。

　こうした状況下、葵の上は死霊や生き霊に苦しみ、加持祈禱によって、物の怪どもがさまざまに正体を名乗る中、よりましに決して移らず、ただ葵の上本人の身にぴたりと取り憑く〝もの〟がいた、と。そいつは葵の上をとくにひどく苦しめるわけではないものの、優れた験者にも従わず、執念深い雰囲気が尋常ではない。葵の上に恨みを持つ者であろうと、源氏が通う女たちについて考えてみると、紫の上と六条御息所の二人が、源氏への思いも並々ではなさそうだから、

〝怨みの心も深からめ〟（恨みの心も深いだろう）

　ということになるものの、誰とは言い当てることはできない。

　つまり御息所に身分相応の扱いをしていなかった源氏はもちろん、葵の上側にも御息所に恨まれているという自覚があったわけです。

　一方、御息所側では、葵の上に憑いた物の怪の中には、自身の〝御生霊《いきすだま》〟や、彼女の亡き父・大臣の〝御霊〟（死霊）がいると言っている者もいる、そんな噂を耳にして、こう思っていました。

「我が身一つの情けない嘆きのほかには、人を悪しかれと願う心もないけれど、魂は、

物思いゆえに体からさまよい出るというし、そういうこともあろうか」（〝身ひとつのうき嘆きよりほかに人をあしかれなど思ふ心もなけれど、もの思ひにあくがるなる魂は、さもやあらむ〟）

と思い当たることもある、と。

自分を物とも思わず〝無きものにもてなす〟（まるでいない者であるかのように扱われた）、あの車争いの時以来、少しまどろんだ夢に、葵の上と思しき人がいとも綺麗にしている所へ行って、ふだんとは違う〝猛《たけ》くいかきひたぶる心〟（激しく荒々しく強引な気持ち）が出てきて、乱暴に揺さぶり動かしている自分が見えることがたび重なっていたのです。正気をなくした感じの時もあるため、周囲も心配し、祈禱などをしていたのでした。

そして、葵の上が無事、男子を出産したと聞くと、

「前には危篤と聞いていたのに、なんとまぁ無事出産とは」（〝かねてはいとあやふく聞こえしを、たひらかにもはた〟）

という思いがかすめます（その後、葵の上は死んでしまうのですが）。

憑かれる側には、御息所への良心の呵責があり、憑いた御息所の側にも、人を悪し

かれと思う気持ちはないと意識の表層では思いながらも、その実、相手の不幸を願う気持ちが潜んでいたことを、物語はきっちり描いているのです。

愛はホラーである

このように『源氏物語』の物の怪というのは、現代人が見ても納得のいくもので、荒唐無稽さや非現実的なところが微塵も感じられません。

そんな『源氏物語』が、少し前の『うつほ物語』や、さらに前の『落窪物語』『住吉物語』などよりも、いっそうホラーな要素が多いのは、畢竟《ひっきょう》、愛はホラーだからなのでしょう。

『源氏物語』はなんで多くの人の心をここまで惹きつけるのか、よく聞かれ、いろいろ答えてきたけれど、一つには、

「『源氏物語』は怖いから」

じゃないか。

そう私は考えています。

『源氏物語』は、桐壺帝と桐壺更衣の関係によって、女を死に追いつめてしまうほど

の男の愛の怖さを描き、六条御息所によって女の愛の怖さを描き、明石一族や浮舟の物語では、娘に一族繁栄の夢を託しながら、もしもそれが叶わぬ時は、海に飛び込んでしまえ、尼になってしまえと洗脳する親の愛の怖さを描いているとも言える。

愛ってホラーなんですよ。

でも、『源氏物語』に描かれる愛は「エゴにもとづく愛」で、キリスト教でいう愛とか、仏教でいう慈悲とは違います。それらは、相手に見返りを求めない「無償の愛」というところが特徴で、人を縛るどころか、ひとりで生きていく勇気を与えてくれる、怖くないものとも言える。

だから愛の怖さばかり描く『源氏物語』は、嫌いという人も出てくるのではないか。

そんなことを、源氏物語千年紀の二〇〇八年に考えて、ブログに書いたことがあります。

生き霊の話からはちょっとズレてしまいましたが、『源氏物語』はホラーということで、思い出した次第です。

第6章　嫉妬がやばい……物の怪と化した六条御息所だけじゃない！

『源氏物語』の一大テーマは「嫉妬」

『源氏物語』のテーマは何か。

そう聞かれたら、皆さんは何と答えるでしょう。

恋愛、失敗、親子関係、季節のように移り変わる人間の心情……さまざまなものが思い浮かぶと思うのですが、大きなテーマの一つが「嫉妬」であると、私は考えています。

嫉妬を印象的に描いた文学としては、『源氏物語』以前にも、藤原道綱母《ふじわらのみちつなのはは》の書いた『蜻蛉日記《かげろうにっき》』があります。

道綱母は、夫である兼家の愛をさらった女への嫉妬を赤裸々に描き、この女の出産後、夫の女への愛が冷め、女の生んだ子まで死んでしまうと、
〝いまぞ胸はあきたる〟（今こそ胸がすっとした）
と快哉を叫んでいます（上巻）。

ここまで自分の嫉妬心を自覚して描ける道綱母の理性と勇気は相当なものだと私は思うのですが、当然ながら『蜻蛉日記』は日記ですし、自身の嫉妬心しか描かれません。

一方、『源氏物語』には、先に触れた六条御息所の嫉妬（↓第5章）はもちろん、そもそも、物語の始まりからして、人々の嫉妬に殺された女の話です。

〝いづれの御時にか、女御更衣あまたさぶらひたまひける中に、いとやむごとなき際《きは》にはあらぬが、すぐれて時めきたまふありけり〟

当時、天皇妃のランクは上から皇后（中宮）↓女御↓更衣となっていて、更衣については紫式部の時代にはすでに有名無実のものとなっていたとはいえ、いずれにしても、どのランクをあてがわれるかは、出身階層によってほぼ決まっていました。

こうしたランクのある天皇の妻たちの中でも「大して高貴な身分ではない」のに「ひときわミカドのご寵愛を受けている」、つまり、「階級にそぐわぬ良い目にあっている」人がいたんですね。これは、他の天皇妃や、一族繁栄の望みをかけて娘を送り出している貴族たちにしてみれば、面白からぬことに違いありません。

案の定、

〝はじめより我はと思ひあがりたまへる御方々、めざましきものにおとしめそねみたまふ〟（当初から「我こそは」というプライドのある高貴な出自の女たちは、心外な者よと彼女を見下し、嫉妬なさる）

ということに。

とはいえ、彼女たちは、この女よりハイレベルの地位にあるだけ、救いがあります。

問題は、

〝同じほど、それより下臈《げらふ》の更衣たち〟

つまりは、女と同等、それ以下のランクの更衣たちで、彼女たちは、

〝ましてやすからず〟

穏やかな気持ちではいられない、ということになります。

『源氏物語』はしょっぱなから、近い立場の者ほど激しくなるという「嫉妬の仕組み」を語っているんです。

この物語最初のヒロインは、桐壺更衣と呼ばれる人で、父の大納言はすでに死んでいましたが、宮仕えをした結果、ミカドに寵愛され、他のすべての天皇妃とその家族に妬まれ、恨みを負う、その〝つもり〟（積み重ね）のせいか、病弱になって、玉の

ような〝男皇子《をのこみこ》〟を生むと、その皇子が三歳になった夏、死んでしまうのです。

この皇子こそは『源氏物語』の主人公である〝光る源氏〟（「帚木」巻）。

『源氏物語』は、人々の嫉妬に、いわば殺された形の女から生まれた皇子が、主人公となっているのです。

『源氏物語』に描かれる「理想の嫉妬」

『源氏物語』が嫉妬への強いこだわりを持っているのは、有名な「雨夜の品定め」で、登場人物が「理想の嫉妬」ともいうべき論を展開していることからも分かります。

「雨夜の品定め」というのは、ある雨の夜、源氏とその親友で、葵の上の兄弟の頭中将らが宮中で宿直中、上品《じょうぼん》、中品《ちゅうぼん》、下品《げぼん》という仏教の極楽浄土のランクになぞらえ、女の階級を上・中・下の三段階に分けて論じたことからそう名づけられています。

この品定めで、人生の先輩格たる左馬頭《ひだりのうまのかみ》が言うには、

「万事、なだらかに、恨みごとを言いたいところでは、私は知っていますよとほのめかし、恨んでいいような場合でも、憎らしくなくちらりと触れるようにすれば、それにつけても男の愛はまさるはず。多くは夫の浮気心も妻次第で収まりもするでしょう。

あまりに寛大に、男を野放しにするのも気楽で可愛いようだけれど、自然と軽く扱っていい女に思えるんですよ」

男の浮気も女次第……とは、いかにも男に都合のいい理屈ですが、この「理想の嫉妬」を具現化したのが、紫の上です。

彼女は、源氏の愛する継母の藤壺と瓜二つということで、十歳のころ、拉致同然に源氏のもとに連れて来られ、十四歳になると、その意に反して性交を強いられ、結婚させられます。しかし母方の親族はすでになく、強い正妻のもとで暮らす父とは疎遠であった紫の上にとって、源氏との結婚は幸運と言えるもので、周囲は彼女の〃御幸《さいは》ひ〃(ご幸運)を称えていた(「賢木」巻)。

ところが、源氏が須磨で謹慎することになって、須磨にほど近い明石で、明石の君と関係し、子までできてしまう。

当然、紫の上としては面白からぬ気持ちになって、歌で当てこすったり、源氏の帰京後もすねてみたりする。

しかし、身分の低い明石の君の代わりに、その生んだ子を養育することになると、子ども好きな紫の上は、すっかり機嫌を直してしまいます。ただ、さすがに源氏が明石の君に会いに行く時などは、皮肉を言ったり、すねたりする。

たとえば、源氏が琴を弾くよう勧めても、明石の君が琴の名手だと聞いている紫の上は〝ねたきにや〟(妬ましいのか)、琴に手も触れない、という具合です(「澪標《みおつくし》」巻)。

おっとりとして、可愛らしく柔軟性のある性格ながら、〝さすがに執念《しふね》きところ〟(執念深いところ)があって恨んでいる様子であるのが、源氏の目には、

〝をかしう見どころあり〟

と、映る。面白くて相手のしがいがある、というんです。

要するに、このころの紫の上というのは、男に都合のいい女です。

ただ、紫の上は、相手が自分より格上の女である場合、こんなふうに可愛らしい嫉妬は見せません。

のちの話になりますが、源氏のもとに女三の宮という皇女が正妻として降嫁してくることになると、紫の上は、「当人たちの恋でもない、こんな降って湧いたようなことで、愚かしく落ち込んだ様を、世間の人に知られたくない」と考え、平静を装います。

こうなると、源氏にも「面白い」などと思う余裕はありません。

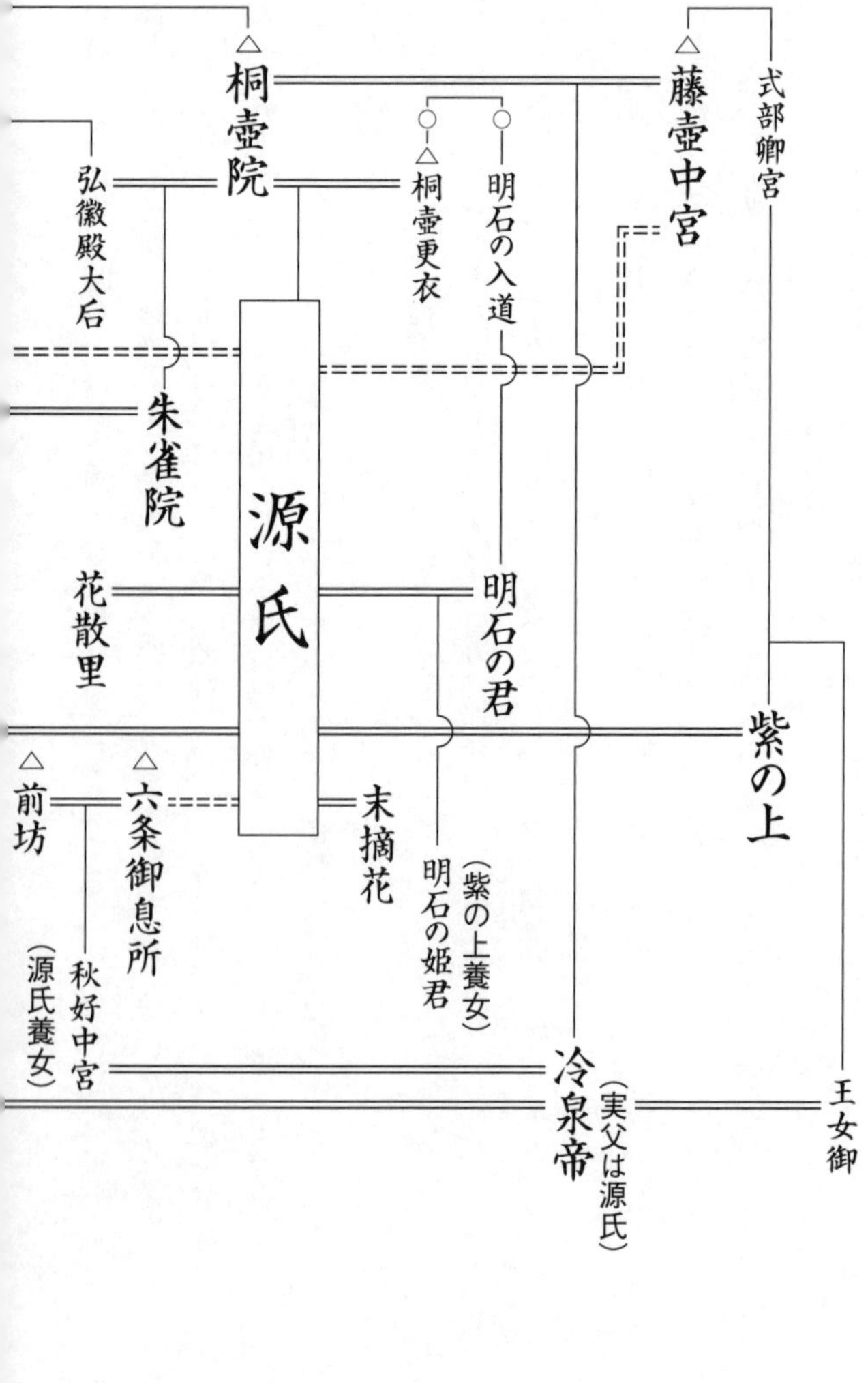
式部卿宮
藤壺中宮
桐壺院
弘徽殿大后
明石の入道
桐壺更衣
源氏
朱雀院
紫の上
明石の君
花散里
末摘花
六条御息所
前坊
王女御
冷泉帝（実父は源氏）
明石の姫君（紫の上養女）
秋好中宮（源氏養女）

● 系図①「少女」巻時点

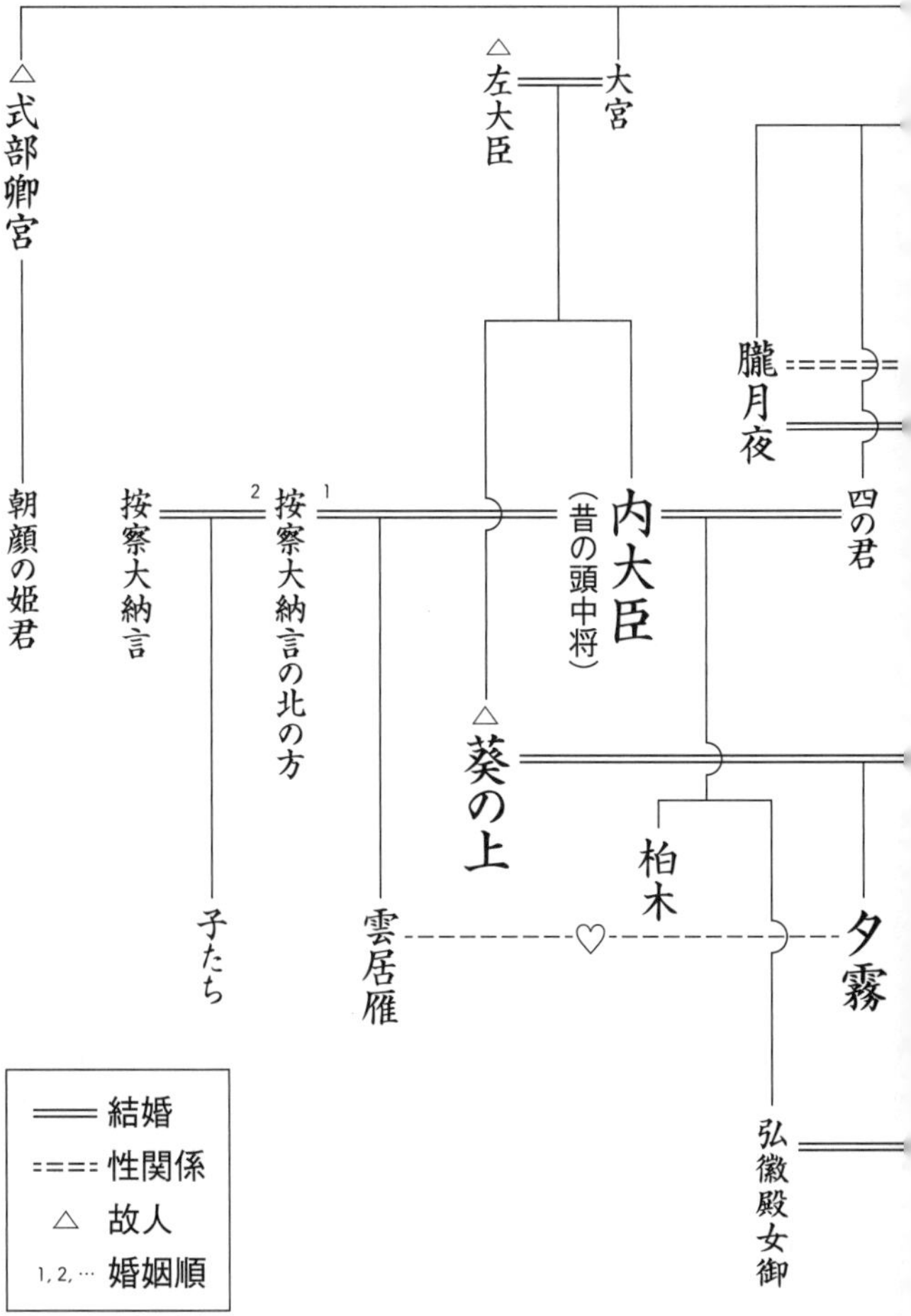

式部卿宮
朝顔の姫君
左大臣
大宮
朧月夜
四の君
内大臣
（昔の頭中将）
按察大納言
按察大納言の北の方
子たち
雲居雁
葵の上
柏木
夕霧
弘徽殿女御
結婚
性関係
故人
1, 2, … 婚姻順

女三の宮が心身共に子どもっぽいこともあって、源氏は彼女に幻滅しながら、紫の上の信頼も失った形で、苦悩する。その上、女三の宮はのちに柏木に犯され、子まで生むことになって、源氏はえらいしっぺ返しを食らうことになります。

しかしそれはまだ先の話で、いずれにしても、紫の上は、相手の女が低い身分の場合は、ほど良い嫉妬で男の心をつなぎ止め、相手の女が高い身分の場合は、嫉妬の感情を抑えることで、事無きを得ます。その結果、紫の上の心はストレスを溜めて、胸の痛くなる病となって、最終的には死んでしまうのですけれど……。

物語最悪の嫉妬

一方、物語最悪、男を最もうんざりさせる嫉妬をしたのが、この紫の上の異母姉である、鬚黒《ひげくろ》大将の北の方です。

彼女の母は、紫の上の父・親王の正妻。紫の上の母はこの正妻のため、ストレス死したという設定です。

鬚黒の北の方は、正妻腹の親王のお嬢様であるわけです。

この北の方は、母と異なり、性格もおとなしく、もとはとても綺麗な人で、鬚黒とのあいだに一女二男をもうけたものの、長年、執念深い物の怪に悩まされ、〝心違《たが》ひ〟（正気をなくす心の病）の発作が出る折々も多く、夫婦仲は冷えていました。それでも〝やむごとなきもの〟（重々しい正妻）としてはほかに並ぶ人もなく、鬚黒に大事にされていたのでした（「真木柱《まきばしら》」巻）。

ところが。

北の方が三十五、六歳、鬚黒が三十二、三歳のころ（当時の夫婦は正妻が三、四歳年上であることは普通でした。源氏の最初の正妻の葵の上も四歳年上という設定です）、鬚黒は新たに二十三歳の美女、玉鬘のもとに通い始めます。

この玉鬘というのは、頭中将の劣り腹の娘でしたが、亡き母・夕顔が源氏とデート中、物の怪に襲われて変死したことから、夕顔の乳母一家に伴われ、九州で育っていました。源氏は、乳母をはじめとする家の人にその死を知らせず、幼かった玉鬘はもちろん、乳母たちも夕顔の死を知らぬまま、流浪することになったのです。

そういう大貴族の非道が描かれていることも『源氏物語』の凄さで、おかげで玉鬘は苦労して育つのですが、九州の土豪の求婚から逃れ、上京したところ、源氏に雇われていた、夕顔の元女房と巡り会い、いきがかり上、玉鬘は源氏の養女となっていたのでした。

今は内大臣となった実父の頭中将とも親子の名乗りをした玉鬘は、実父も養父も権力者というパワフルな妻です。しかも若い美女。

鬚黒は、恋愛馴れした色好みと違って人の嘆きを思いやる余裕もなく、可愛がっていた子どもたちをも顧みず、ひたすら玉鬘に熱中したので、北の方はますます精神状態がおかしくなっていき……事件が起きます。


その日、部屋にこもって、なんとか玉鬘と穏便にやってほしいと北の方を説得していた鬚黒は、日が暮れると玉鬘のもとに行きたくてそわそわし始めます。夫が新妻のもとに通おうとする。それを妻も許容しなくてはいけないとは……一夫多妻の悲哀です。

そのうち雪が降り出して、こんな日にまで出かけるのが人目に立てば、北の方も可哀想で、むしろ憎らしく嫉妬して恨んでくれれば、それを口実に出かけられるのに……と鬚黒は思うのですが、北の方は平静を装い、女房に香炉《こうろ》を持って来させて、出かける夫の着物に香をたきしめさせるなど、けなげに協力していました。

玉鬘に会いたい鬚黒はといえば、偽りのため息をついては、小さい香炉を取り寄せて、袖の中まで念入りに香をたきしめている。その姿に、鬚黒の二人の〝召人《めしうど》〟（お手つき女房）も嘆きながら横になっていました。実直な鬚黒は、玉鬘と結婚する前は、この北の方以外に妻はいませんでしたが、召し使う女房とは手軽な性関係を結んでいたのです。こうした関係は当時の貴族にとっては普通のことで、紫式部も道長の召人と言われ、南北朝時代にできた系図集『尊卑分脈』の紫式部の項にも、〝御堂関白道長妾云々〟と記されています。

さて北の方はと言えば、〝いみじう思ひしづめて〟（懸命に思いを沈めて）可憐にものにもたれていた……。

と、見る間ににわかに起き上がり、大きな伏《ふ》せ籠《ご》の下にあった香炉を取ると、鬚黒の後ろに立って、さっと中の灰を浴びせかけたのです。

一瞬のことで、細かな灰が目鼻にまで入り、払い捨てても間に合わず、鬚黒は衣服を着替え、その日の外出は取りやめになってしまいました。

これをきっかけに、鬚黒と北の方は離婚することとなり、玉鬘は晴れて鬚黒の正妻となるのでした。

「嫉妬は抑えてはいけない」という教訓

いや〜〜激しい。

『源氏物語』には、桐壺更衣の死を悼む夫への嫌がらせに音楽を奏でさせる弘徽殿女御（のち大后）や、無意識のうちに生き霊になって葵の上を死に追いやった六条御息所、また、あとで触れるように、別の女のもとへ出かける夫の夕霧（源氏の息子）に「おとなしく死んでしまいなさい」と叫ぶ妻の雲居雁《くもいのかり》など、あまたの嫉妬の形がありますが、この北の方の嫉妬ほど派手なものはありません。

それもふだんの本人は弘徽殿や六条御息所と違って、「とてもおとなしくて性格がよく、子どものようにおっとりしている」という地味な人であるだけに、よけいに怖い。

髭黒の北の方を見ていると、嫉妬というのは適度に発散させておいたほうがいいと痛感します。自分は嫉妬している、嫉妬深い人間なのだと自覚することの大切さをも。六条御息所にしても、「自分には人を悪しかれと思う気持ちはない」などと思って、自分の嫉妬心を認めなかったために、意識下で抑圧がくすぶって、葵の上をやっつける夢を見たりするんですよ。

「自分は嫉妬深い人間である」という自覚を持つのは難しくても、ふだんから、適度に嫉妬心を出していく。これが夫婦生活においても、また、日常生活においても肝要であると、『源氏物語』は教えてくれます。

こんなふうに、妹の紫の上は「理想の嫉妬」、異母姉の鬚黒の北の方は「最悪の嫉妬」をしてしまったわけですが、紫の上ものちに、最悪の嫉妬をしそうな局面に立たされます。

先にも触れたように、紫の上は、明石の君のような下位の身分の女の時は、可愛い嫉妬を見せても、女の地位が自分より上で、妻としての地位が脅かされそうな時ほど、嫉妬をあらわにしないという性質の持ち主でした。

そして実は、源氏は、最愛の藤壺中宮の死後、高貴の女を求め、いとこの朝顔の姫君に接近したことがありました。

そうと知った紫の上は、明石の君の時のようには、夫に嫉妬をぶつけませんでした。

そんな彼女の心理を物語は、

「〝よろしき事〟（さほど深刻でない場合）なら恨み言などを憎らしくない程度に申さ

れるものの、真実つらいと思うので顔色にも出さない」（「朝顔」巻）

と解説します。

明石の君は源氏の姫君まで生んだ女ですが、受領《ずりょう》の娘ですし、生まれた姫君も紫の上の養女となりましたから、紫の上を越えて正妻になることはあり得ません。

けれど朝顔の姫君は親王の娘である上、賀茂の斎院をつとめた人として世間で重んじられていました。

「朝顔の姫君は、私と〝同じ筋〟（同じ血筋）のお方だけれど、世間の評価も格別で、昔から〝やむごとなく〟（大切な方として）思われておいでの方だから、夫の気持ちが移りでもすれば、私はさぞ惨めなことになろう。今まではいろいろあってもさすがに私と肩を並べる人もなかったのに、〝人に押し消たれむこと〟（人に押し消されてしまうなんて）」

と紫の上は思います。

だからといって、嫉妬心をあらわにして大騒ぎしても、世間に笑われ、夫の心を冷めさせるだけと、賢い紫の上は知っています。

そして夫の心が冷めた時、自分には頼る実家も、強い後ろ盾もないことをも。

「もし夫の気持ちが移っても手の平を返したような扱いはされないまでも、ほんとに頼りない状態のまま夫婦になったのだから、そんな長年の気安さで〝あなづらはしき方〟（侮った扱い）にはなるだろう」と。

幸い、この時は、朝顔の姫君が拒み続けた上、源氏も紫の上に亡き藤壺の面影を見出して、事無きを得ます。

ところが……。

八年後、往時の源氏と同じ三十二歳になった紫の上は、かつてない深刻な事態に身を置くことになります。

源氏の異母兄の朱雀院のたっての頼みで、四十になる源氏が、まだ十四、五歳の女三の宮の親代わりという名目で結婚することになったのです。

女三の宮というのは、紫の上と同じく、藤壺の姪です。その血筋に源氏は惑うた。

「あの藤壺の姪ならさぞや」と思って、この結婚を引き受けてしまったのです。

紫の上は、

「〝前斎院《さきのさいゐん》〟（朝顔の姫君）の時も熱心に言い寄っていたみたいだけど、大丈夫だったじゃないの」

と高をくくっていたんですが、今度は違った。

しかも女三の宮は朝顔の姫君どころの身分じゃありません。朝顔の姫君同様、紫の上と〝同じ筋〟とはいえ、上皇の最愛の内親王にして、東宮の姉妹なのですから、格が違います。

彼女が源氏の妻になるということは、すなわち正妻になるということ。

紫の上にとってはピンチです。

しかしこの時も、「深刻な時ほど嫉妬をあらわにしない」という紫の上の癖で、彼女は冷静を装います。

源氏と女三の宮の新婚三日目（当時は、男が女のもとに三日連続して通って結婚が成立します。新婚三日目はその大事な夜でした）、異母姉の鬚黒の北の方の時と同様、寒い夜、源氏が女三の宮の寝所を訪れる際、源氏の着物に香をたきしめさせて、送り出します。

シチュエーションは鬚黒の北の方とそっくりなんですが、紫の上は堪えきるのです。

嘆く女房たちをたしなめながら、さすがにすぐに寝入ることはできず、

「近くに控える女房たちが変に思うのでは」

と気になって、少しの身じろぎすらせずに……。

結果、紫の上は、異母姉と違って、夫の愛を失わず、のちには女三の宮と対面し、幼い宮のレベルに合わせ、親しく会話をするまでになります。

けれども……紫の上のストレスは深く身を蝕んで、やがては胸の病となって、出家を願い出ても、夫に聞き入れてもらえぬまま、ついには死んでしまうのです。

紫の上の可哀想な末路を見ると、同じように嫉妬心を抑えていても、結局は爆発させることができて、帰ったら迎えてくれる実家のあった異母姉の鬚黒の北の方のほうが、ずっと幸せだったのではないかと思ってしまいます。

『源氏物語』は、嫉妬を爆発させると男に逃げられ、抑えすぎて、無意識のうちに物の怪になれば、男に逃げられるだけでなく怖がられ、嫉妬を抑えきることができれば夫の愛は失わずに済むけれど、ストレスによって死んでしまう……と言っているんですね。

やはり嫉妬は適度に小出しにしていくしかありません。

あるいは、嫉妬をぶつけても相手に逃げられないような対等な関係性を築くしかないんです。

私一押し『源氏物語』最高の嫉妬

その意味で、先にもチラッと触れた雲居雁の嫉妬は、わたし的には最高の嫉妬ではないかと考えています。

雲居雁は、内大臣（昔の頭中将）の外腹《ほかばら》（正妻以外の女）の娘で、源氏の正妻腹の息子の夕霧とは、いとこ同士です。新婚家庭では、男が妻方に通い、新婚家庭の経済は妻方で担っていた当時、夕霧は生まれた時に母を亡くしたこともあって、ずっと母方の実家で、祖母の大宮（源氏の父・桐壺院の姉妹）に育てられていました。一方の雲居雁は、本来なら母方で育つはずでしたが、母が再婚し、新しい夫とのあいだに子どもも大勢できたため、彼らに交じって継父に養育を任せるのはよろしくないということで、例外的に父方の内大臣の実家で、同じく大宮に育てられていました。

つまり二人は幼なじみで、雲居雁のほうが二歳年上でした。それぞれ十歳を過ぎてからは部屋も別になったものの、いつの間にか互いに恋心を抱き、内大臣の反対にあいながらも、夕霧十八歳、雲居雁が二十歳になると、ついに恋を実らせて結婚の運びとなります。それが「藤裏葉」巻でのことで、源氏と内大臣の両家は深く結びついて、めでたしめでたし……となるのですが……。

先ほども触れた、源氏と女三の宮との結婚が語られるのが、続く「若菜上」巻で、それ以降、『源氏物語』の安定していた世界は、急に揺れ動き、反転していきます。

夕霧夫妻もその例に漏れず、危機が訪れます。

女三の宮が降嫁したことによるストレスで紫の上が発病、源氏がその看病につききりになっている隙に、内大臣の正妻腹の息子の柏木が、かねて焦がれていた女三の宮を犯してしまい、やがてそのことが源氏の知るところとなり、苦悩した柏木は衰弱死。その柏木の正妻が、女三の宮の異母姉の女二の宮（母の身分が低いため、柏木が歌で〝落葉〟を拾ったと詠じたことから落葉の宮とも呼ばれます。以下、落葉の宮）で、柏木の親友として後事を託された夕霧は、落葉の宮と交流するうちに好きになってしまうのです。

夕霧は父と違って堅物で、雲居雁のほかには、藤典侍《とうないしのすけ》という受領階級の妻がいるくらい。藤典侍は夕霧の子を多く生むものの、雲居雁の子の数も負けてはおらず、身分的にも内大臣のお嬢様である彼女の敵ではありませんでした。

ところが落葉の宮の亡き夫の柏木は、雲居雁の異母兄です。雲居雁にしてみれば、兄の元妻が自分の夫と結婚しそうになっているのですから、それだけでも面白からぬ気持ちである上、落葉の宮は皇女です。その母（一条御息所）は天皇妃の中では最下位の更衣とはいえ、〝侮《あなづ》りにくきこと〟（捨て置けない事態）であるのは違いありません。

落葉の宮邸から深夜に帰宅する夫に嫌味を言い、あろうことか、宮の母からの手紙を夫が読んでいた時に、背後から取り上げてしまいます。さすがの夫・夕霧もあきれ、

「それにしても、下品なことをする。年月と共に私のことをずいぶんバカになさっているのが情けない。私にどう思われるかとか、まるで気にもしないんですね」

と、うめいてしまいます。雲居雁が手紙を隠したせいで、夕霧は返事を書くことができない。そこから落葉の宮の母・一条御息所は、娘が夕霧に翫《もてあそ》ばれて捨てられたと勘違いして、絶望のあまり衰弱死してしまいます。実はこの時はまだ落葉の宮は夕霧と関係していなかったのに、夜明けに出て行く夕霧の姿を僧侶が見ていた。その話を聞いた御息所は、夕霧から娘へ手紙がくると、「手紙だけで済ませて本人は来ないのだ」とショックを受ける。三日通えば結婚が成立するのが当時の習慣なのに、続けて通わないのは夕霧に結婚する気がないのだと早合点してしまうのです。いてもたってもいられなかった御息所は、娘の代返と称して、自分で夕霧に手紙を出しました。

その手紙を雲居雁が隠してしまったものですから、夕霧は返事も書けない。それで、御息所は「本人が来ないばかりか、手紙の返事すらなかなか来ない」と、悪いほうへ悪いほうへと考えて、自滅してしまったのです。

こうした勘違いというのは当時けっこうあったのか、「いかにも関係したかのような顔」という意味の〝事あり顔〟ということばもあります。

夕霧が事あり顔であったため、とんだ思惑違いから、母を亡くした落葉の宮の心は閉ざされます。

一方、雲居雁は嫉妬を爆発させ、ご機嫌取りにセックスしようとする夕霧に、
「ここをどこだと思っていらしたの！　私はとっくに死にました。いつも鬼とおっしゃるから、同じことなら鬼になりきってやろうと思って」
「性格は鬼より怖いけど、姿は憎らしくもないから、とても嫌いになりきれないさ」
「綺麗な格好で優雅に恋などなさっている方のおそばで暮らしていけるような私ではないので、どこにでも、どこにだって、いなくなってしまうつもりよ。せめて私のことはそんなふうに思い出さないで。むやみに長いこと一緒に過ごしたことさえ悔やんでいるのに」

と言い合いになり、

「こんなに子どもっぽく腹を立てていらっしゃるからか、もう見馴れてこの鬼も今は怖くなくなったよ。もっと神々しい雰囲気を加えないと」

などと冗談でごまかそうとする夫に、雲居雁は言い放ちます。

〝何ごと言ふぞ。おいらかに死にたまひね〟（何言ってんの！　おとなしく死んでしまいなさい）（「夕霧」巻）

と。

夫に「死ね！」と言っているんですから、これは『源氏物語』に描かれたどの嫉妬よりも激しい。さらに彼女は、

〝まろも死なむ。見れば憎し、聞けば愛敬なし、見棄てて死なむはうしろめたし〟

（私も死ぬ。顔を見れば憎いし、声を聞けばむかつく。見捨てて死ぬのも心配だし）

と、怒りをつのらせます。しかし彼女が怒れば怒るほど、夫の夕霧はただ愛おしい気持ちが増すだけとなります。根が幼なじみ。対等の立場で好き合って結婚した二人であるだけに、生半可なことでは愛は消えないのです。

しかも雲居雁というのは「子どものように素直で可愛い気持ちのある人」でもある

ので、夫のなおざりの慰めのことばに自然と和んでしまいます。

とはいえ、走り出した夕霧の気持ちは止められず、落葉の宮ととうとう関係、結婚するに至り、雲居雁は実家に帰ってしまいます。そこで、里下がりしていた異母姉の弘徽殿女御と語ったり、父である致仕《ちじ》の大臣《おとど》（昔の頭中将）に励まされたり、また、夕霧のお手つきの藤典侍との手紙の贈答に心慰められたりしながら、しまいには元の鞘《さや》に収まります。

典侍の存在が、この顚末のラストに登場するのも絶妙で、

〝数ならば身に知られまし世のうさを人のためにも濡らす袖かな〟（私がもしも人並みの数に入る身分なら、男女の仲のつらさもさぞ身にしみることでしょう。けれど、そうではないので、奥様のつらさを思って涙で袖が濡れることです）

という典侍の歌からは、嫉妬すらゆるされぬ身分の女がいることが浮き彫りになります。

こうして見ると、『源氏物語』は、嫉妬大全の趣があります。

さまざまな嫉妬の形だけでなく、嫉妬することすらゆるされない弱い立場の女にも

脚光を当てたのは『源氏物語』の功績でしょう。

惜しむらくは、男の嫉妬を掘り下げていないことでしょうが、末摘花や源典侍といった笑われ役を巡ってとはいえ、源氏と頭中将の恋の鞘当ては男の嫉妬を描いているとも言えますし、宇治十帖の薫と匂宮の関係にも、男の嫉妬が潜んでいます。それについては拙著『嫉妬と階級の『源氏物語』』で触れましたので、気になる方は、読んで下さい。

第７章　病気がやばい……『源氏物語』は病気大全！

「生身の体」を描く作者の真骨頂

『カラダで感じる源氏物語』という本を書いたことがあります（一九九六年単行本、二〇〇二年文庫化）。

冒頭は「病気する体」と題する項で、いかに『源氏物語』の主人公をはじめとする登場人物がリアルであるか、「生身の体」を持っているか、その象徴が「病気に冒される」ということである、と主張したものです。

『源氏物語』以前には、天人のかぐや姫を主人公とする『竹取物語』、天人の子孫を主人公（仲忠）とする『うつほ物語』、また、『古事記』『日本書紀』といった歴史書ですら、天から降りた神の子孫として天皇を神格化するなど、リアリティという点では今一つ欠けていた。

それが『源氏物語』の主人公の源氏は、恋人である夕顔の死によって「頭ががんがんする。熱もある」と寝込み、その翌年、病気療養中に赴いた寺で幼い紫の上を発見する。

『源氏物語』に描かれる病をあげてみると、源氏の咳病《しわぶきやみ》や瘧病《わらわやみ》、朧月夜の瘧病、朱雀帝の眼病、鬚黒の北の方の〝心違ひ〟の発作、藤壺や紫の上の胸の病、柏木の頭痛、さらには藤壺と源氏の不義の子（冷泉帝）の東宮時代の虫歯まで、『源氏物語』は病気のカタログとさえ言えます。

めぼしい病気は、貴族の贅沢病である〝脚病《かくびやう》〟（脚気）くらいの『源氏物語』以前の物語とは大違いなのです。

精神的ストレスで病んだり死んだり

なぜこんなにも『源氏物語』は病に満ちているのでしょうか。

一つには、紫式部がとことんリアリティを追求したからでしょう。

主人公の失敗談を書いたのは、源氏の近くにいる人までもが彼を絶賛しているのはおかしい！　そんなふうに、この物語を、〝作り事〟（作り話）のように決めつける人がいたからだ、と紫式部は主張したものです（↓第1章）。

「この物語を作り話と思ってもらっては困る」というスタンスだった紫式部は、リアリティを尊重するがゆえに、失敗もすれば病気もする主人公とその周辺人物を描いたということがあるでしょう。

それと関連して、『源氏物語』の病のほとんどは精神的ストレスと結びついて発症しているということがあります。

源氏の母の桐壺更衣は、夫の桐壺帝によって、その身分にそぐわぬ激しい寵愛を受けたために、他の女御・更衣の〝そねみ〟を受け、人々の〝恨み〟を負うことが積み重なったせいか、

〝いとあつしくなりゆき〟（すっかり病弱になっていき）（「桐壺」巻）

皇子（主人公の源氏）を出産するものの、その皇子が三歳になった年に、とうとう死んでしまうのです。

この死がストレス死とも言うべき設定であったことは、更衣の母が、

「娘は〝よこさまなるやうにて〟（天寿を全うしたのではなく、異常な形で）死んでしまった」

と言っていることからも分かります。

「病は気から」と言いますが、紫式部は実際、それを痛感していたのでしょう。

源氏の愛妻となる紫の上の母も、正妻が高貴な人であったため、心労が多く、死んでしまったという設定です。その様子を、亡き母の伯父に当たる僧都は、

「心労で人は病気になるものであると、目の当たりに見せられた次第です」（〝もの思ひに病《やまひ》づくものと、目に近く見たまへし〟）（「若紫」巻）

と語っています。

紫の上にしても、夫の源氏が四十になって、朱雀院の愛娘である女三の宮を正妻に迎え、源氏に出家を願い出てもゆるされない……という状態となって、

〝あぢきなくもあるかな〟（情けないことだわ）（「若菜下」巻）

と思い続けながら寝た暁方から〝御胸〟を病んでしまう。それは完治することなく、病弱となって、ついには帰らぬ人となってしまうのでした。

『源氏物語』に病が多く描かれるのは、人生のマイナス側面、この世の苦しみを描くことで、人々の共感を得、そこから離脱するにはどうすればいいかという物語のテーマと深く関わっているのではないか。

そんなふうに思われるのです。

病を軸に動き出す物語

これは『カラダで感じる源氏物語』でも指摘したのですが、紫式部は、ストーリーを展開させる上で、病気を有効に利用してもいます。

源氏が紫の上を見出したのは、瘧病という、今のマラリアに似た病気にかかり、それを治すために聖《ひじり》を訪ねた北山においてです。当初は往診してくれるよう使いを出しました。ミカドの愛息子ならそれが普通です。ところが、

「年を取って腰が曲がってしまって、庵の外にさえ出られないから、行けない」

という返事がきたため、お忍びで北山に出かける。こういうところ、本当に『源氏物語』には細かな必然性があります。どうしても源氏が北山に出向かざるを得ないようにしているんです。そこで思いがけず発見した美少女こそは、源氏が慕い続ける藤壺の姪で、のちに愛妻となる若紫（紫の上）でした。

源氏が藤壺と密通したのも、藤壺が〝なやみたまふこと〟（病気を患うこと）（「若紫」巻）があって、実家に下がっていた時のことです。

さらに、のちに源氏の須磨謹慎のきっかけとなった、朱雀帝の愛妃である朧月夜との密通も、朧月夜が瘧病を長らく患って、まじないなども気兼ねなく行えるというの

で実家に下がっていた折のこと。幸い朧月夜は快復したので、皆が喜んでいる時に、源氏と朧月夜は、

〝例のめづらしき隙《ひま》なるを〟（例によってめったにない機会だから）（「賢木」巻）

と、申し合わせて夜な夜な逢っていたのでした。

それが、嵐の夜、父の右大臣が娘（朧月夜）を見舞いに来て、源氏の存在に気づいてしまう。それで右大臣が、長女であり、朱雀帝の母でもある弘徽殿大后に報告したところ、父の右大臣以上に激怒したので、右大臣はさすがに可哀想になって、「なんで申し上げてしまったのか」と後悔したものの、時すでに遅し。

「こうして私が同じ屋敷にいるのに、遠慮もなしに、入って来られるとは、私どもをことさらに軽んじ愚弄しているのだ」

と、源氏を陥れるために画策するということになります。

ここで、父の右大臣が長女の弘徽殿に敬語を使い、へりくだっているのは、当時はまだ儒教道徳が普及していなかったことに加え、入内してミカド（朱雀帝）を生んだ国母の地位の高さゆえです。一族の繁栄を担う弘徽殿に対しては、父親ながらも礼を尽くすというのが当時の価値観だったのです。

右大臣は、六女の朧月夜に対しても、嵐の見舞いに来られず申し訳ない、兄弟はちゃんと控えていたかと機嫌を伺っています。当時の大貴族が、天皇妃となった娘をいかに大事に扱っていたかが分かります。

話を病に戻すと、藤壺との密通は物語を貫く大動脈ですし、朧月夜とのそれもまた、源氏と明石の君との出会いにつながる大きなトピックです。そのいずれもが、病をきっかけに行われているわけです。

拒食症や記憶喪失も

『源氏物語』には、拒食症や記憶喪失といった『源氏物語』以前の物語には見られない症状も描かれています。

宇治十帖の大君は、薫（父は源氏、実は女三の宮が柏木に犯されて生まれた子）に求められながら、「宇治を離れるな」という父・八の宮の遺言にこだわり、また、「自分も相手も互いに相手に幻滅せぬまま終わりたい」という気持ちが強かったため、結婚を拒み通したまま、死んでしまいます。そこに至るまでには、妹の中の君と匂宮の結婚問題にまつわるストレスもありました。それで、老女房によれば、

「これといって痛むところもなく、目立つ症状もないご病気ですのに、〝物をなむさらに聞こしめさぬ〟(お食事をまるで召し上がりません)」(「総角《あげまき》」巻)

という状態になって、そのまま危篤状態になってしまうのです。

その姿は、〝影のやうに弱げ〟で、白く可愛らしくなよなよとして、〝中に身もなき雛《ひひな》を臥せたらむ心地〟(中身のない雛人形を寝かせたような感じ)という、可憐だけれど痩せ細ったものでした。

『源氏物語』は、日本最古の、ひょっとしたら世界最古の若い女性の拒食症を描いた物語ではないでしょうか。

それもまた、父亡きあとの一家を背負う長女である大君のストレスが招いた症状だったのです。

この大君の異母妹が浮舟です。彼女の母・中将の君は、父・八の宮に仕える女房ということもあって、浮舟は父に認知されず、しかも母が受領と結婚したため、受領の継子として育ちます。そんな浮舟の存在を、大君の同母妹で匂宮の妻の一人となった中の君から教えられた薫は、浮舟を宇治の家に拉致同然に連れて行き、囲い者にします。

それを嗅ぎつけた匂宮が浮舟を犯し、薫に放置されていた浮舟は、匂宮との関係に溺れていきます。

その関係は薫の知るところとなり、さらに浮舟に過大な期待を寄せる母に真実を知られたら見捨てられてしまうという恐怖から、浮舟は宇治川に飛び込んでしまいます。浮舟を死んでしまったものとばかり思い込んだ家族は、遺体のないまま葬儀をするものの、実は浮舟は見知らぬ僧尼に救われて、生きていたことが「手習」巻に至って明らかになります。

助けられ、僧都の加持祈禱によって意識を取り戻した浮舟は、

「住んでいた場所、自分は何という名前であったかすらも、はっきりとは覚えていない」（〝住みけむ所、誰といひし人とだにたしかにはかばかしうもおぼえず〟）

という状態でした。

「ただ、自分は、もうおしまいだと思って、身を投げた人なんだ。一体どこへ来てしまったのか」

と、〝せめて〟（無理に）記憶を辿ると、自殺を試みた時の状況が思い出されます。

自分は死のうとしたのに生き返ってしまった。そう思うと〝口惜し〟く、悲しい気持ちになって、

「病床に沈んでいたこれまでは正気もない状態のまま、何かを召し上がる時もあったのに、今はつゆばかりの薬湯すら口にしない」

という有様に。そして、「尼にして下さい」と、世話をしてくれている僧都の妹尼に頼みます。しかし妹尼は、ただ頭のてっぺんの髪を少しばかり剃り、在家信者の受ける最も簡略な戒律である〝五戒〟（殺生、偸盗《ちゅうとう》、邪淫、妄語、飲酒《おんじゅ》の五つを慎しむ戒）を授けるに留めるのでした。

この妹尼は、娘を亡くして出家していたのですが、死んだ娘よりも容姿も雰囲気もまさる人（浮舟）を得て、嬉しく彼女の世話をします。その優しさに包まれた浮舟は、宇治よりも水の音も穏やかな小野の光景に触れて、稲刈り歌や雀除けの鳴子の音を聞くうちに、かつて育った東国のことなども次第に思い出されてくる。

さらに妹尼が琴などを弾き、

「こういう遊びはなさいますか？　退屈でしょうに」

と問いかけると、

「少しも風情のない環境で生まれ育ってしまったものだ」

というふうことも思い出されてくる。

そして、

「今は最後と決意した時は、恋しい人は多かったけれど、今はほかの人はさほど思い出されず、ただ、母はどんなに途方に暮れただろう、乳母は万事につけて、なんとか私を人並みにしようと頑張っていたのに、どんなに張り合いのない気持ちがしたろう。今はどこにいることか。私が生きていることを、どうして知る由もあろう」

と、記憶が戻ってくるのでした。


千年以上前に、こんなに詳細な記憶喪失の様が描けるってやばくないですか？

尼の世話を受け、失踪時のことが思い出され、やがて歌や鳴子といった「音」によって、東国にいた幼少期を、さらに琴を弾かないかと誘われて、育った環境など、今までの記憶を取り戻す……。

思うに紫式部は、実際に記憶喪失の人を見たことがあったのではないでしょうか。

だとしたら、平安の貴族社会は、現代にまさるとも劣らぬストレス社会であったと言えるのではないか。

死んだはずの浮舟が発見された巻は「手習」と名づけられていますが、その由来は、蘇生した浮舟が、誰かと歌を贈答するといった目的もなしに、ただ手慰みに歌を詠み、自分の気持ちを吐き出すということをしていたためです。

誰のためでもなく、自分のために、自分に向かって歌を詠んで書くという、この手習という作業は、次第に気持ちを整理していく浮舟の「魂のリハビリ」にも見えます。

傷ついて記憶喪失になった人が、見知らぬ僧尼という「疑似家族」の中で、自己を癒やしていくという設定自体、今も古びぬ新鮮さが感じられるのです。

第８章　貧乏がやばい……これでもかと描かれる経済事情

『源氏物語』の描くリアルな貧乏

『源氏物語』というと、みやびな王朝絵巻というイメージがあるかもしれません。

実際、そうした側面もあるのですが、実は貧乏がいかに人をぼろぼろにするか、また、経済力のない女がいかに惨めなものか、姫君とは名ばかりで、生活のため、女房たちに男を手引きされ、望まぬ結婚をするか……そうしたことが、これでもかというほど描かれてもいるんですよ。

『源氏物語』が、それ以前の物語と比べ、いかに「経済力」が人を動かすかに注目していたか。それを知るには『源氏物語』以前の物語をざっと見ていく必要があります。

まず『源氏物語』の少し前に書かれた長編小説の『うつほ物語』では、貴公子とのただ一度のセックスで妊娠出産後、木の洞に住むほどの極貧状態に陥っていた女君（仲忠母。尚侍）と息子は、猿の運ぶ木の実で生き延びていたというような暮らしを

しながら、貴公子に発見された時は、

「天女を連れて来たと驚くくらい美しかった」(〝天女を率《ゐ》ておろしたると驚かれたまふ〟)

などと、あります。

そんな極貧生活をしていたら、普通は日にも焼けるし、ずたぼろになるはずなのですが、天女なんですよ。

継子いじめで有名な『落窪物語』の継子となると、もう少しリアルで、下着なんかもぼろぼろだったりするんですが、それでも貴公子に愛されて、「ちゃんとしたお嬢様を正妻になさい」と反対する乳母に、貴公子は「好きなんだから、しょうがない」と反論して、ただ一人の正妻として大事にする。

貧乏だったり、後ろ盾のなかったりする、可哀想なお姫様は出てくるんですが、必ず美人で、イケメン貴公子に愛されて正妻として幸せになるんです。

これが『源氏物語』になると、にわかに、厳しい現実が突きつけられる。

まず貧乏な姫君は登場するんですが、美人ばかりではない。

それどころか『源氏物語』きっての貧乏女は、末摘花というブスの極みです(↓第

2章。まぁこの極貧ブスを見捨てないという点は、リアリティに欠けると言えば欠けるのですが、源氏には大勢の妻や恋人がいるという設定ですから、それも「有り」でしょう)。

この末摘花の貧乏ぶりというのが凄くて、先祖伝来の家土地は手入れをする人もいないから荒れ放題。

女房たちの食事風景は、食器こそさすがに上等な舶来物であるものの、めぼしいおかずもない。

服は普段着でも昔ながらの礼装だけれど、新しいものは入手できないので、時代遅れな上に、汚れて真っ黒になっている。

何もかもすっかりなくした『うつほ物語』の女君と違い、古き良き暮らしの名残があるだけ、「落ちぶれ」のリアリティが感じられるのです。

そこでかわされる会話もしけています。

「ああほんとに今年は寒い。長生きするとこんな目にもあうものなのね」

と泣く者もいれば、

「故宮(末摘花の父・親王)が生きていらした時、なんでつらいなんて思ったのかしら。こんなに貧しくても生きていけるものなのね」

と寒さに震える者もいる。

セリフの中身からもうかがえるように皆、年寄りです。若くて有望な人はよその屋敷に転職してしまうので、残っているのはどこも雇ってくれないような老人がメインになるわけです。

そのせいか、皆、無気力で、風で灯りが消えても、ともす者もいない。人手不足な上、いくら働いても何ももらえないから、投げやりになっているのです。

それでも門番がいるあたりは、さすがに皇族の風格を感じさせますが、この門番というのがまたよれよれの年寄りで、門はがたがたに傾いているから、開けることができない。源氏が訪れるようになる前は、門を使うような高貴な人の訪れもなかったのでしょう。非力な門番は、孫だか娘だか分からないような年ごろの女に助けられながら、門を引っ張る。その頭にはどんどん雪が降り積もっていくという悲惨さです。

こんなにも貧しいわび住まいをしている上、容姿も醜い末摘花。普通の男なら逃げだしたくなるに違いありません。ところが源氏は違います。

「自分以外の男はましてこんな関係には我慢できようか」(〝我ならぬ人は、まして見

忍びてむや〟（「末摘花」巻）

そう思い、「自分がこうして馴れそめたのは、彼女の亡き父宮が、彼女を案じるあまり残していった魂の導きなのだ」と考えて、結婚を決意する。このあたりはちょっとリアリティに欠けてはいるのですが……。ここは、美貌至上主義の当時の価値観に挑戦した、紫式部の実験小説的な要素が強いのではと思うゆえんです。

ちなみに国宝『源氏物語絵巻』にも末摘花の屋敷は描かれています。源氏は須磨・明石で謹慎中、すっかり末摘花のことを忘却していたのですが、帰京後、花散里を思い出して訪れる道すがら、花の香りに迷って、広い荒れた屋敷に足を踏み入れたところ、そこが末摘花の屋敷であったと。それこそ豪華な「王朝絵巻」の国宝『源氏物語絵巻』の中で、この「蓬生《よもぎう》」巻の場面だけが異彩を放っている。寝殿造りの簀の子（廂《ひさし》の外に設けた縁側）はあちこち底が抜け、几帳《きちょう》もぼろぼろ、仕える女房の顔も服装も貧相。そこへ、ボロ屋に似合わぬ狩衣姿《かりぎぬすがた》の乳母子《めのとご》・惟光《これみつ》の先導で、傘を差し掛けられた源氏が訪れるという趣向です。

八の宮の悲惨な貧しさ

ところで藤原実資《さねすけ》の日記『小右記《しょうゆうき》』には、花山院の皇女が落ちぶれて人に仕える女房となって、盗人に殺されたという悲惨な末路を遂げたことが記されています（万寿元年十二月八日条）。のちにこの事件の犯人は、僧侶と分かり、しかも藤原道雅に命じられての犯行であると、拷問によって白状したといいます（万寿二年三月十七日条・七月二十五日条）。

道雅は、道長の兄・道隆の孫で、定子中宮（皇后）の甥です。道隆の死によって一家が没落し、不如意な状態となった道雅は、やさぐれて、当時の貴族社会では〝荒三位《あらさんみ》〟と呼ばれていました（『大鏡』師尹《もろまさ》）。

落ちぶれると、捨て鉢な性格になって、さらに女性の場合はそうした男の餌食になることもあったわけです。

そんな悲惨な落ちぶれ女性は、とくに皇族に多かったのでしょうか。

『源氏物語』で極貧に陥っているのは皇族の女性がお定まりです。

しかし男でも、極貧に陥った人物がいて、それが宇治十帖の八の宮です。

彼は源氏の異母弟。母は大臣の娘で、女御ですから、大納言の娘の桐壺更衣を母にもつ源氏よりも、血筋的には高貴です。

北の方も昔の大臣の娘でしたが、長女（大君）に続いて、次女（中の君）を出産後、ひどく患って死んでしまいました。

こうした騒ぎのために、乳母を雇うにしても、まともな人を選べなかったため、中の君の乳母は、なんと幼い女主人を〝見棄てたてまつり〟逃げてしまいます（「橋姫」巻）。

それで八の宮が、一人で娘を育てたというのです。

乳母といえば、どんなことがあっても養い君を見捨てず、お守りするものというイメージがありますが、儒教思想の普及していなかった平安時代、主家が傾けば、使用人も逃げてしまうのです。

この八の宮というのが、

「びっくりするほど上品でおっとりとして〝女のやう〟な方なので、古くから伝わってきた御宝物や、祖父・大臣の御遺産など、何やかやと数限りなくあったはずなのに、行方もなくあっけなく消え失せて」

という状態で、極貧状態になってしまいます。

ここに、

〝女のやうにおはすれば〟

とあるのに注目です。

高貴なお姫様みたいな人なので、男であるのに処世の術も知らず、数ある資産もなくしてしまったというのです（この八の宮の甲斐性のなさと比べると、父や夫をなくしても財産を保ち続けた六条御息所がいかにしっかり者であったか分かります）。

不幸は続くもので、おまけに屋敷が火事になり、住む所がなくなったので、宇治にある山荘に移り住みます。ここから始まる巻々が「宇治十帖」と呼ばれるゆえんです。

貧乏だから結婚できない女、結婚しない女

これはあちこちですでに書いてきたことですが、新婚家庭の経済は妻方で担っていた平安中期、貧乏な女のもとには婿のなり手がいませんでした。

第2章でも少し紹介しましたが、『うつほ物語』には、

「今の世の男は、まず結婚しようとすると、何はともあれ、『父母は揃っているか、家土地はあるか、洗濯や綻びの繕いはしてくれるか、供の者にものをくれたり、馬や

牛を飼っていたりするのか』と尋ねる。顔形が美しく、上品で聡明な人であっても、荒れた所にあるかなきかのわび住まいをして、貧しそうに暮らしているのを見ると、ああむさくるしい、自分の負担や苦労のもとになるとあわてふためいて、あたりの土をすら踏まない。『なぜ彼女のもとに通わないのか』と問われれば、『あの女のところには法師が住んでいた、男が住んでいた』と言って、近くにも寄らない。一方、下賤な者の子や孫で、顔形は〝鬼のごとく〟で、髪は真っ白、腰は二重に折れ曲がった老婆でも、猿を後ろ手に縛ったような姿の者でも、財産のある者の妻であった、子であったという者には、世間の人も聞き逃さずに求婚し、大騒ぎするのが〝今の人〟」

（「嵯峨の院」巻）

という記述があります。

表現は大げさですが、貧乏であれば、男は寄りつかないという状況があったわけです。

『源氏物語』でも、前半では、ブスで貧乏な末摘花が、イケメン貴公子の源氏の妻の一人となったりしていましたが、物語が進むにつれて、リアリティはどんどん高まっていきます。

宇治十帖の八の宮の娘たちは二人とも美人でした。

にもかかわらず、父・八の宮は、基本的に娘たちの結婚を諦め、その存在すら隠していました。

内心では、「世間の聞こえも悪くなく、あれならと許容できそうな身分の男が、誠実に姫君をお世話しようと思ってくれたとしたら、見て見ぬふりをして、ゆるしてしまおう」と思っていたのですが、そこまで熱心に言い寄ってくる男はいないのでした。まれに、ちょっとしたつてで色めいたことを言ってくるようなのは、まだ若い情欲に任せた戯れで、寺社参詣の中宿りや、往来の途上の通り一遍の出来心から言い寄って、宮家とはいっても、こうして不如意な暮らしをしている足元を見て、侮るような振る舞いに及んでくる。そうした手合いには、八の宮は、一言の返事すらさせないでいました。

要するに、貧すれど、宮家のプライドを捨ててはいないのです。

それで、娘たちには、

「この宇治で生涯を終えなさい」

と遺言する。

高貴な身分に合わない結婚をするくらいなら、宇治でひとりみでいよというのです。

一方、八の宮は、自分と仏教友達になった薫に対しては、

「私の亡き後は、この姫たちを、しかるべき時のついでにでも訪ね、お見捨てにならない人々の中に加えて下さい」

などと言ったものですから、薫のほうは姫たちを〝領《りやう》じたる心地〟になってしまいます。

現実でも、矛盾した言動により、誤解が生じたり、すれ違うということはあるものですが、宇治十帖のテーマの一つは「すれ違い」、ディスコミュニケーションではないかと思えるふしがあって、そこから、悲劇が生まれていくという展開になっている。

それで薫は、自分が気のある大君のほうにアプローチするものの、父の遺言を頑なに守ろうとする大君には拒まれて、代わりに妹の中の君をあてがわれる。しかし薫は、中の君には手を出さず、親友の匂宮を勝手に導くということをしてしまう。匂宮は素直な好色者ですから、中の君を犯して妻の一人にし、薫はといえば大君も中の君をも得られずじまいになってしまうのです。

と、簡単に書いてしまいましたが、大君が薫を拒むに至るあいだにも、実は、女主

人に男をあてがって暮らしを楽にしたい女房たちとの戦いめいたことがあり、それを紫式部は実に丁寧に描いています。

生活のため女主人に男をあてがう女房たち

そもそも『源氏物語』に登場する貧しい宮家では、生活のため、嫌がる女主人に、女房が男を手引きしてしまうということが再三再四にわたって描かれています。

これは、『源氏物語』の女君全体に言えることなのですが、とりわけ宮家の女性に関しては、女君が自ら男との結婚を望んだケースは皆無と言える。

最初の貧乏女である末摘花のケースも同様で、末摘花自身は結婚の意思は少しもありませんでした。

ただ、源氏の乳母子である大輔命婦《たいふのみょうぶ》が、末摘花の現状を案じ、源氏がいかにもそそられるように言って、通わせるように仕向けた設定です。

大輔命婦は内裏女房ですが、父親が、末摘花の亡き父宮の縁者で、母は受領と再婚して赴任先に下ったため、父のもとを実家としていた。父は父で再婚し、その妻のもとにばかりいたので、大輔命婦はそちらにも行かず、末摘花邸に親しみを感じて、そこに入り浸っていた。

つまり、大輔命婦の生活は保障されていましたから、自分の生活のために女主人に貴公子を導く他の貧しい宮家の女房とは動機が違います。純粋に末摘花のことを案じて、源氏をそそのかしたわけです。

大輔命婦の目論み通り、源氏はまだ見ぬ末摘花に夢中になり、しかし末摘花当人はその気はない。それを、

「本当に幼くていらっしゃるので気が揉めます。どんなに高貴な人でも、親などがいらして、お世話してさしあげているうちは、子どもっぽいのも道理でしょう。けれどここまで心細い有様でいながら、いつまでも結婚を憚っていらっしゃるのは、不似合いですよ」

と、大輔命婦は教えます。末摘花は、

〝さすがに、人の言ふことは強うもいなびぬ御心〟（「末摘花」巻）

という設定なので、源氏の相手をするものの、返歌もできない。それを侍従と呼ばれる、末摘花の乳母子が助け船を出しているうち、源氏は寝所に押し入ります。

命婦は「まぁひどい、わざと油断させていらしたのだ」と末摘花を気の毒に思うも

の の、〝知らず顔〟で自分の部屋に行ってしまう。
当の末摘花はただ無我夢中で、恥ずかしく、気が引けるばかりという状況の中、事に至ってしまうのです。

こうして書いてみると、末摘花当人にはみじんも結婚の意思はないものの、周囲の女房たちはわりと「善意」で男（源氏）を導いている。

ところが、それ以降の宮家の女君のケースは、そうではありません。

源氏の息子の夕霧が、亡き柏木の妻であった落葉の宮に入れ込んだ時、その正妻の雲居雁が激しく嫉妬したことはすでに触れましたよね（→第6章）。

実は落葉の宮は、夕霧との再婚を強硬に拒絶していました。

というのも、彼女の死んだ夫の柏木は、夕霧の正妻の雲居雁の異母兄です。落葉の宮にしてみれば、亡夫の実家を二重に裏切ることになる。亡夫の異母妹の夫を奪うことになるわけですから、そりゃあ亡夫の実家にしてみれば面白いわけがない。現にひどい嫌味も言われています。

しかも落葉の宮は皇女です。当時、皇女は独身がデフォルトでした。それよりずっと昔には、皇女は天皇の妻になったもので、皇族同士の結婚であればともかく、そうでない人との結婚は高貴な血筋を保てないということで敬遠されていたのです。

その上、落葉の宮の母は、娘と夕霧がデキていると勘違いして（この母の死後には、本当にデキてしまうのですが）、にもかかわらず、夕霧がその後、通って来ないということで、娘が捨てられたと思い込み、絶望のあまり、衰弱死してしまう。

夕霧のせいで母を亡くした落葉の宮はますます心を閉ざします。

こんな状況下にもかかわらず、この時の彼女の女房たちの行動がえぐくて、集まって女主人をなだめすかし、着ていた喪服を鮮やかな着物に着替えさせ、出家などしないよう鋏などは皆隠して見張っているという有様。あげく、夕霧から逃れるために落葉の宮が隠れていた塗籠に、夕霧を手引きしてしまうのです。逃げ場を失った落葉の宮は、夕霧に、

「あなたにどんな立派な名声があるというのです。いい加減に諦めなさい」（〝何のたけき御名にかはあらむ。言ふかひなく思し弱れ〟）（「夕霧」巻）

などと言われ、単衣《ひとえ》の御衣《おんぞ》を髪ごとかぶって泣いてしまう。

そうして夜が明けるころになって、夕霧は彼女がかぶっていた御衣をひきのけ、す

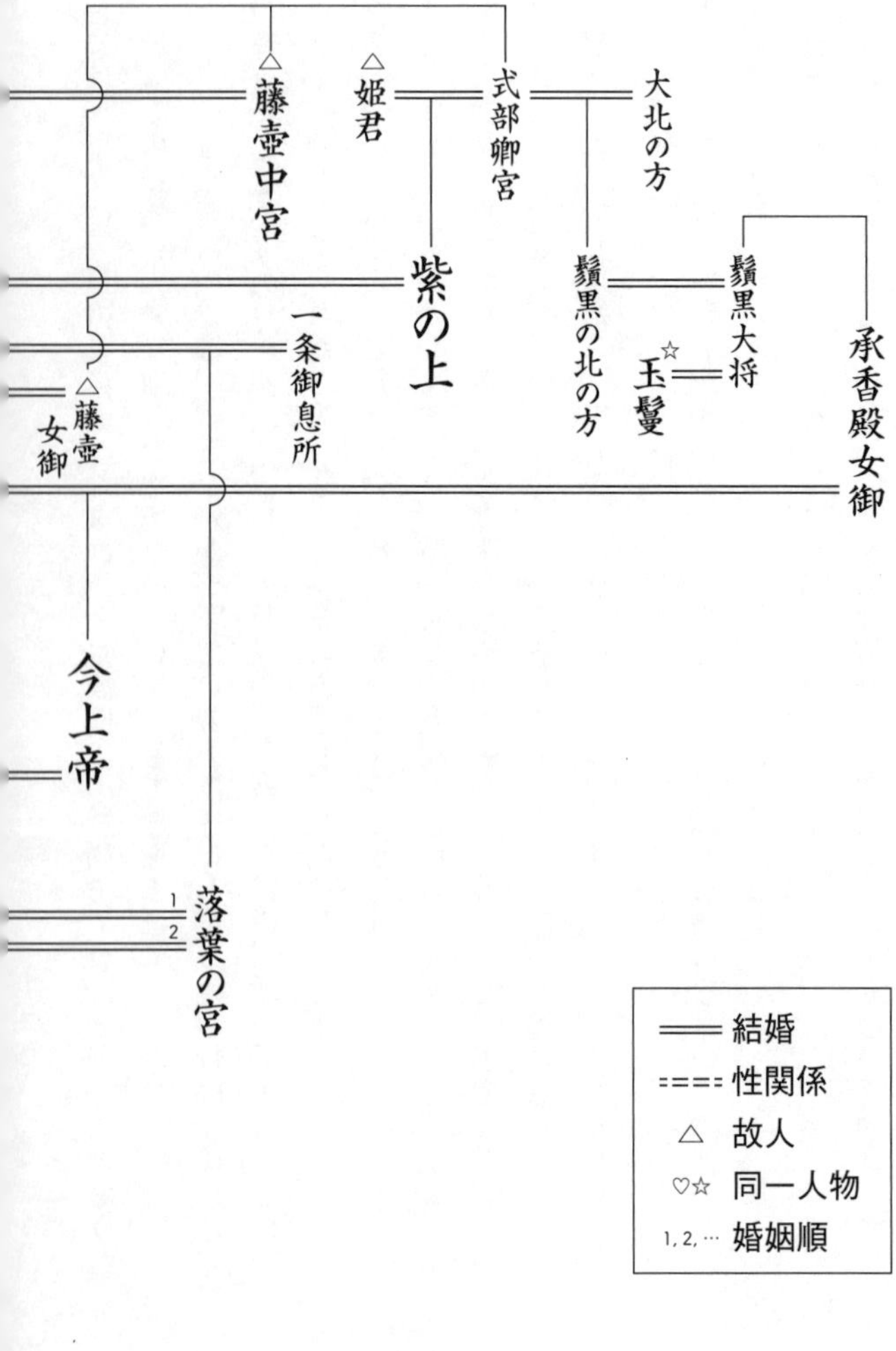

大北の方
式部卿宮
姫君
藤壺中宮
紫の上
鬚黒の北の方
鬚黒大将
玉鬘
承香殿女御
一条御息所
藤壺女御
今上帝
落葉の宮
1
2
結婚
性関係
故人
同一人物
1, 2, … 婚姻順

● 系図②「夕霧」巻時点

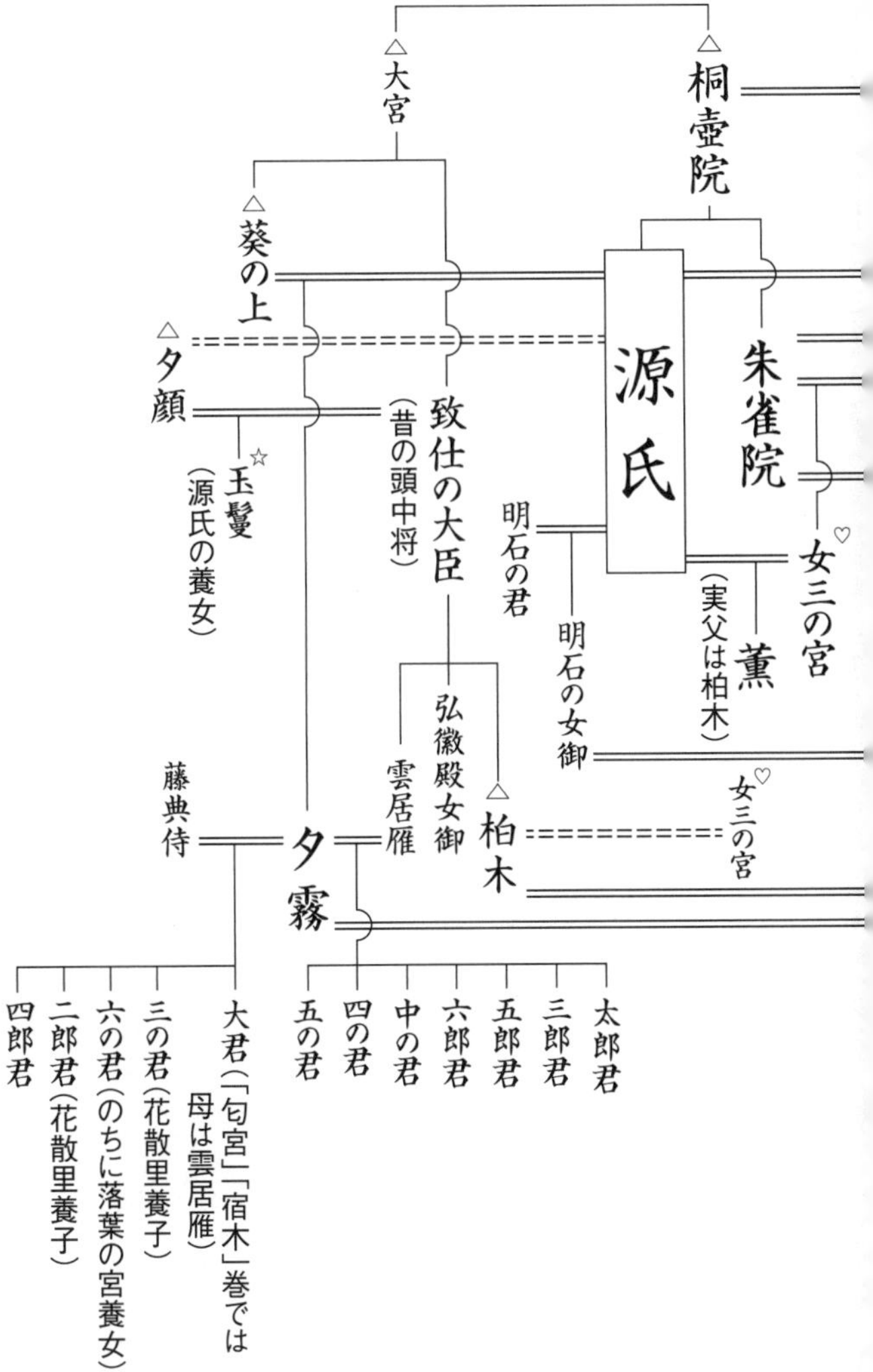
大宮
桐壺院
葵の上
夕顔
源氏
朱雀院
致仕の大臣
（昔の頭中将）
玉鬘
（源氏の養女）
明石の君
女三の宮
明石の女御
薫
（実父は柏木）
弘徽殿女御
雲居雁
柏木
女三の宮
藤典侍
夕霧
四郎君
二郎君（花散里養子）
六の君（のちに落葉の宮養女）
三の君（花散里養子）
大君（「匂宮」「宿木」巻では母は雲居雁）
五の君
四の君
中の君
六郎君
五郎君
三郎君
太郎君

っかり乱れた髪をかき上げなどして、ほのかに顔を見る……男女の関係になったわけです。

結果的に、夕霧との結婚は落葉の宮や彼女に仕える女房たちの暮らしを華やかにしたかもしれませんが、経過はこんなにひどいものでした。

宇治十帖の大君・中の君姉妹になると、さらにひどくて、父・八の宮が死ぬと、中の君のほうは、薫を装って入ってきた匂宮に犯され、大君も、

「暮らしのためには、大君に男をあてがおう」

と一致団結する女房たちによって、導かれた薫に犯されそうになります。

けれど大君は強硬に薫を拒み、薫もまた無理に大君を犯すこともないまま、大君はものを少しも食べない状態になって衰弱死してしまう（↓第7章）。

貧乏な女がイケメン貴公子と結婚して幸せになりましたとさ、というパターンは、『源氏物語』でも末摘花の時にはかすかに残っていたのですが、ここに至って、ががらと崩れてしまうのです。

紫式部は「経済」の重要性が分かっていた

このように『源氏物語』には貧乏がとてもリアルに描かれています。給与状態なんかも描かれています。

たとえば源氏が晩年、女三の宮を正妻に迎えると、それまで正妻格だった紫の上の立場は低いものとなり、「私の人生何だったのか」という思いになってくる。その時の状況を、物語はこんな感じで描写しています。

姫君を生みながら忍従の日々を強いられていた明石の君とその一族は、姫君の生んだ皇子が東宮となり、その幸運は明石の君の母・尼君にまで及ぶ。

さらに、女三の宮は今上帝の姉妹ということで重んじられ、

〝二品《にほん》になりたまひて、御封《みふ》などまさる。いよいよ華やかに御勢《いきほひ》添ふ〟（「若菜下」巻）

と。

御封というのは、封戸《ふこ》のこと。院や宮、親王、諸臣、特別の社寺などが、位階や官職・勲功などに応じ、朝廷から一定数の民戸が支給され、その民戸からの租税が得られる仕組みのことです。

二品に昇進した女三の宮の封戸は、「封三百戸、位田四十二丁」(日本古典文学全集『源氏物語』四　注)。当時は妻の私有財産が認められていましたから、これは女三の宮個人が得られる収入です。

このように明石の君や女三の宮は、世間の声望のみならず、収入も増えていく。それに対して紫の上はこう思ったと物語は言います。

「〝対の上〟(紫の上)は、このように年月と共に、さまざまに高まっていかれる方々のご声望に対し、我が身はただ夫である源氏の君お一人のご待遇は人には劣らないけれど、あまり年を取りすぎれば、そのお気持ちも次第に衰えていくだろう。そんな目にあう前に自分から世を捨てたいものだ」(〝対の上、かく年月にそへて方々にまさりたまふ御おぼえに、わが身はただ一ところの御もてなしに人には劣らねど、あまり年つもりなば、その御心ばへもつひにおとろへなむ、さらむ世を見はてぬさきに心と背きにしがな〟)

紫の上の孤独感や生きづらさは、明石の君のような信頼できる肉親や、女三の宮のような個人的収入を伴う声望がなく、夫一人を頼みにしているという心細さからきています。それを表現するために、女三の宮の収入のことまで書かれているんです。

もちろん紫の上にも財産がないわけではありません。不仲な実家からは何ももらえないとしても、源氏からは、源氏の母の里邸だった二条院を譲られています。だとしても、父・入道が莫大な資産を築いた明石の君や、朝廷に守られている女三の宮と比較すれば、経済的に夫に寄りかかる部分の大きい、寄る辺ない立場であるには変わりありません。

藤壺や朧月夜、女三の宮といった女君がさっさと出家する中、紫の上は出家を切望しながら、夫の許可が得られないからといって最後まで希望を押し通すことがなかったのも、一つには頼れる実家や資産というものが少なかったということがあるでしょう。

夫婦間における立場の強弱も、出家（実質的な離婚を意味することも少なくありません）の可否も、多くは「経済力」に左右される。

紫式部は、「経済」の重要性が分かっていたからこそ、収入のことや人の貧乏ぶりを、細かに記していたのです。

第9章 リアリティがやばい……キャラクターと連動する身体描写

平安中期に飛躍する身体描写

『源氏物語』は非常にリアリティを大切にしている、ということは、登場人物の身体描写にも表れています。

かつて私は、『『源氏物語』の身体測定』という本を書き、『源氏物語』が、いかにそれ以前の物語と比べると、細密な身体描写をしているか、その描写が身分やキャラクター設定と連動しているか、主張しました。

『源氏物語』の身体描写を論じる時の基礎知識として、まず当時の貴婦人は親兄弟や夫以外の男には顔を見せないということがあります。

そのため『源氏物語』でも、美女といっても、高貴な女ほど「満開の桜のよう」といった雰囲気重視の描写になります。

具体的に描かないことで、かえってその尊貴性を浮き彫りにしているのです。

そうした前提を以てしても、『源氏物語』の身体描写は、それ以前の物語はもちろん、それ以降の文学と比べても、突出して詳細で、リアリティに満ちています。『古事記』『日本書紀』には美しいとか醜いといった形容はあるものの、具体性には欠けますし、身体描写も、神の手の指のあいだから漏れ落ちたという極端に小さいスクナビコナという神がいるかと思えば、ヤマトタケルや仲哀天皇のように身長が一丈もあるとされる人もいます。

一丈＝十尺ですが、日本古代に行われていたという尺貫法では一尺＝約二十センチなので（小泉袈裟勝編著『図解 単位の歴史辞典　新装版』）、現代の尺貫法による計算よりは小さいものの、それでも二メートルです。

神話時代の大げさな数字表現は、年齢の記述にも見られ、初期天皇の享年は軒並み百歳を超えていますし、初代神武天皇の祖父のヒコホホデミノ命は高千穂宮に五百八十年も鎮座していたという設定です（『古事記』上巻）。

『万葉集』になると、こうした丈の高低だけでなく、デブや痩せといった形容も出てきますが、それでもまだざっくりしたものでした。

こうした身体描写が画期的に飛躍するのが平安中期です。

それについてはすでに前述の本で書いたので繰り返しませんが、『法華経』などの仏教経典の普及、『往生要集』に見る身体描写など、人体を汚穢として浄土に往生することを目指した……それだけに身体を強く意識する……当時の考え方に、大きく影響されているのではないかというのが、私の考えです。

キャラクターと見事に連動

だとしても、『源氏物語』の身体描写は、凄いんです。

どこが凄いって、登場人物の性格や生まれ育ちと連動していることです。

『源氏物語』では、ほとんどすべての登場人物の体格が明記され、それによって、その人となり、身分や懐具合までも読者の前にさらけ出すのです。

まず、主人公の源氏、彼は細身で長身という設定です。

受領の後妻となった空蟬と無理やりな感じで関係した彼は、その後も空蟬との逢瀬を狙い、彼女が滞在している継子の紀伊守邸（空蟬の夫の伊予介は単身赴任中）を、紀伊守の留守を狙って訪れます。その際、空蟬と間違ってその継子の軒端荻《のきばのおぎ》と関係、帰りに老女に見咎められた際、

「民部のおもとだね。なんともお見事な背の高さだね」（〝民部のおもとなめり。けし

うはあらぬおもとの丈だちかな〟）（「空蟬」巻）

と、長身の女房と間違えられたことからも分かります。

この勘違いを紫式部は、

〝丈高き人の常に笑はるるを言ふなりけり〟

と説明しています。

ここから、平安中期、女の長身は決して褒められたものではなかったことも分かるのです。

さて、源氏が間違って関係した軒端荻ですが、直前、彼女と空蟬が碁を打っている姿をのぞき見ていた源氏は、

「あの可愛い人ならまぁいいか」

と、途中で間違いと分かっても、そのまま関係してしまったのでした。

のぞき見た源氏の目に映る空蟬の容姿は、

「目が少し腫れた感じで、鼻などもすっきりしたところがなく老けた感じで、つややかなところもない。はっきり言えば、悪いほうに属する容貌を、実に隙のない身だしなみで、この容姿のまさった人よりは、嗜み深いのであろうと目が惹きつけられる様

をしている」

と描かれます。

「この容姿のまさった人」というのが軒端荻で、

「白い薄物の単衣重ねに、二藍《ふたあい》の小袿《こうちき》のようなものを無造作に着て、紅《くれない》の袴の腰紐を結んだところまで胸をはだけて、しどけない風体である。とても色が白く、むちむちと肉付きが良く、大柄な人で、頭の格好や額のあたりがはっきりしていて、目元や口元がとても愛敬があって、華やかな容姿である」

と、かなり詳細に描かれている。

この詳細さがまた、彼女の位置付けを示していて、実は『源氏物語』では、藤壺などの高貴な美女は、こんなふうに事細かな容姿が描かれないこともあるのです。

それは、源氏の思いと連動しています。要は体目当てのセフレ的な女、気楽にヤレる受領階級などの女は、体を細かく描くことで、源氏の性的欲望までを浮き彫りにしている。一方、熱愛する藤壺のことは、体格や肌の手触りといったフィジカルな描かれ方はあまりされず、源氏との不義の子を妊娠した姿が、

「お腹が少しふっくらなさって、元気がなく面瘦せたご様子は、それはそれで実に比

類なく美しい」

といった具合に、いかなる状況でも衰えぬ美貌が強調されます。それは、藤壺がどんな状態にあっても愛し続ける源氏の思い、彼女の死後は、地獄に墜ちた彼女を夢に見ると、

「知る人のない世界にたった一人でいらっしゃるあの方を訪ねていって、なんとかして罪を代わりにお受けしたい」

とまで思ってむせび泣く、源氏の深い気持ちをも浮き彫りにしているのです。

立場や身分によっても書き分けられる体格

細身の長身という、いかにも恋する男にふさわしい体格を与えられた源氏ですが、『源氏物語』では、大貴族の男は総じて長身です。

源氏のライバルであり親友であり義兄弟でありいとこでもある頭中将は、左大臣を父、内親王（大宮。源氏の父・桐壺院の姉妹）を母にもつサラブレッドですが、

〝丈だちそぞろかにものしたまふ〟（丈は長身でいらっしゃる）（「行幸」巻）

という長身でした。

しかし若いころ、横幅に不釣り合いなほど背が高かったという設定の源氏が、中年になり、
「やっと丈につりあうくらい肉がついてきた」(「松風」巻)
と描かれるのに対し、頭中将(内大臣、太政大臣)は、
「貫禄たっぷりに肉がつき、顔だちといい歩き方といい大臣と呼ぶに十分だ」(「行幸」巻)
「ものものしく太って」(「若菜上」巻)
と形容されます。
年を取っても、
「夕霧みたいな大きな子がいて、重い地位についているとは全く見えない」
〝なほいと若き源氏の君〟(「若菜上」巻)
と描かれる源氏とは一線を画すところです。
源氏の息子の夕霧も、
〝丈だちものものしうそぞろか〟(身長が物凄く高い)(「柏木」巻)
という設定です。

玉の輿に乗る女、男に翻弄される女、理想の女の体格とは

一方、女は、先にも触れたように背が高すぎるのは笑われていたものの、明石の君や藤典侍といった、受領階級ながら貴人の妻になる、いわゆる玉の輿に乗る女は、「すらりとしている」という設定です。

これに対し、もとは八の宮の召人（お手つき女房）ながら、受領の後妻におさまった宇治十帖の中将の君は、

〝いたく肥え過ぎにたるなむ常陸殿とは見えける〟（「東屋」巻）

という設定。太り過ぎな点がいかにも受領階級風情に見えるというわけで、デブ＝成金というマイナスのイメージがあったことがうかがえます。これに対して娘の浮舟は〝常陸殿などいふべくは見えず〟（「宿木」巻）と母とは対照的な気品が描かれます。

末摘花や花散里、空蟬といった容姿の劣る人たちは痩せていますが、宇治十帖の大君のように高貴な皇族女性も痩せているという設定が多く、太っているよりは痩せているほうが高貴のイメージがあるのです。

さらに、紫の上のような理想の女は、

〝おほきさなどよきほどに様体《やうだい》あらまほしく〟（「若菜下」巻）

と、中背という設定です。

『源氏物語』で「ちょうどいい身長の人」とはっきり描かれるのは、紫の上のほかにもう一人いて、それが宇治十帖の六の君。

彼女は、夕霧が藤典侍という受領の娘に生ませた娘ですが、子どものいない落葉の宮の手元でお嬢様教育を受け、匂宮の正妻となります。その容姿は宇治十帖では最上級の美女として描かれ、

「丈はちょうどいいくらい。姿は実に美しく、髪の流れ具合、頭の形などが特にああ素晴らしい、と思われる。肌の色は驚くほどつややかで、重々しく気高い顔の、目元はこちらが気後れするほど洗練され、どこもかしこも整っていて、美貌の人と言って不足なところはない。二十歳を一つか二つ超えていらっしゃる。幼い年でもないので、未熟で足りない点もなく、鮮やかに今が盛りの花に見える。この上もなく大切に、万全の構えで育てられたので、欠点などないのである」

絶賛です。体格も〝ささやかにあえかになどはあらで、よきほどになりあひたる心地〟(小柄でか弱いところがなく、ほどよく成熟している感じ)(「宿木」巻)。

こうした権門のお嬢様は、源氏が主人公だった「正編」では、いくら美しくても、

葵の上のように高飛車だったり、六条御息所のようにとっつきにくかったりしたものなのですが、六の君は美人なだけでなく、性格も難がないという設定です。

しかし、正編ならヒロインになったような、彼女のような完璧な女は宇治十帖ではもはやメインの女君とはなりません。

宇治十帖でメインとなるのは、大君のように結婚を拒絶する〝痩せ痩せ〟（「椎本」巻）で〝あえか〟（「総角」巻）な女、浮舟のように〝いとささやか〟（とても小柄）（「手習」巻）な女です。

そして『源氏物語』では、源氏とデート中、変死してしまった夕顔がそうであるように、男に侮られ、翻弄される女は小柄と相場が決まっています。

これは、受領階級ながら源氏の妻となって姫君を生んだ明石の君や、同じく受領階級ながら夕霧のお手つきとなり、六の君を生んだ藤典侍といった、その身分の程よりは高い位置づけにある存在、男に弄ばれることなく、自分の地位を確立した女がすらりと長身であるのと対照的です。

夕顔や浮舟は、いずれも男に軽々と抱き上げられて、廃院や宇治の家、対岸の隠れ家などに連れて行かれて、情痴の限りを尽くされています。そのように、男に軽く扱われてしまうという物語での位置づけが、その体格でも表現されているのです。

ちなみに大貴族の男は総じて大柄ですが、大貴族の女となると受領階級よりは小柄な傾向にあり、六の君を生んだ受領階級の藤典侍は、内大臣の娘で、夕霧の正妻となった雲居雁とは同世代ながら、

〝いますこしそびやか〟（「少女」巻）

という設定です。つまり大貴族の雲居雁のほうが少し小柄というわけです。

藤典侍もそうですが、受領階級の女はすらりとした明石の君をはじめ、先の軒端荻など、大きめの女が目立ちます。

皇族女性は、紫の上の異母姉の鬚黒の北の方が〝いとささやか〟（「真木柱」巻）、源氏の晩年の正妻の女三の宮が〝人よりけに小さくうつくしげ〟（「若菜下」巻）、薫の正妻の女二の宮も〝ささやか〟（「宿木」巻）と、小柄な女が目立っているのは、運動量が少ないためでしょうか。

いずれにしても、男に大事にされ、愛されているのは、中背が多い印象で、ここには中庸《ちゅうよう》を良しとする紫式部の価値観が反映しているのかもしれません。

第10章　恋愛観がやばい……まともな手順をふんだ結婚がない！

レイプだらけの『源氏物語』

これは、昔からよく言われていることですが、『源氏物語』のセックスって、今ならレイプとされてしまうものがとても多いんです。

こう言うと、今の価値観で測るのはおかしいと反論する人がいます。

確かに一理ありますが、たとえばセクハラやDVということばがない昔にもセクハラやDVは確実にあって、むしろ、そうしたことばができたあとよりも罪の意識が薄かっただけに、より多くのセクハラ・DV案件があったとさえ言えます。

児童虐待にしてもそうで、年々虐待数が増えているのは実際に虐待が増えているのではなく、親が子を殴ったり罵ったりして自尊心を奪うことは「虐待である」という認識が広まって、通報数が増えているからです。つまり、昔はもっと虐待は日常茶飯事でした。現に私の子ども時代の昭和三十年代から四十年代にかけては、家の外に放り出されて泣いている子や、ご飯抜きという子は多かったものです。私も家の外に出される、叩かれる、怒鳴られるということはよくあって、今ではあれは虐待だったと認識している次第です。

確実に言えることは、加害者の罪の意識が薄かったといっても、被害者の苦悩が弱かったとは限らないということです。

『源氏物語』が凄いと思うのは、こうした苦悩もちゃんと描いている点です。

たとえば紫の上は十歳のころ、源氏に拉致同然に屋敷に迎えられたあげく、十四歳になって、女らしくなった姿に、〝忍びがたく〟なった源氏によって、無理に犯されてしまいます。

それまで源氏と紫の上は共寝をしていて、十歳のころにも、下着一枚で源氏に抱かれていたりはしていたんですが、いわゆる「実事」はなかった。

それで、はた目には、それまでとの〝けぢめ〟（違い）が分からぬ状況の中、

〝男君はとく起きたまひて、女君はさらに起きたまはぬあしたあり〟（「葵」巻）

と、物語は言います。

男君＝源氏は早々に起き、女君＝紫の上は一向に起きない朝があったのです。

この日、実事があったわけです。源氏は、

「今まで衣を隔ててよく過ごしてきたものだ。幾夜も共に寝馴れた夜の衣を」（〝あやなくも隔てけるかな夜《よ》を重ねさすがに馴れしよるの衣を〟）

という歌を贈りますが、紫の上のほうは、

「なんでこんなに嫌らしい気持ちのある方を、疑いもなく頼もしいものに思っていたのか」（〝などてかう心うかりける御心をうらなく頼もしきものに思ひきこえけむ〟）

と、〝あさましう〟（情けなく）思う。昼ころ、源氏が来ても、夜具にしている着物をますます深くかぶって臥せっている。源氏が夜具をひきのけると、紫の上は、

「汗にぐっしょりつかって、額髪もひどく濡れている」（〝汗におし漬《ひた》して、額髪《ひたひがみ》もいたう濡れたまへり〟）

これはただ事ではないと源氏はあの手この手でご機嫌を取りますが、紫の上は、

「心底恨めしく思って、一言の返事もしない」（〝まことにいとつらしと思ひたまひて、つゆの御いらへもしたまはず〟）

という有様です。

それを源氏は「まるで子どもだな」と可愛く思って、一日中部屋に入り浸って慰めるのですが、

「なかなかご機嫌が直らぬ様子が、いっそう可愛らしい」(〃解けがたき御気色いとどらうたげなり〃)

とされます。

徹底的に描かれる被害者の苦悩

孤児同然の状態で、意地悪な継母のいる父に引き取られる寸前の紫の上が、今をときめくイケメン貴公子の源氏によって、拉致同然とはいえ、引き取られた上、こうして大事にされている。しかも源氏は、新婚三日目に夫婦で食べる「三日夜《みかよ》の餅」を作るという、正式な結婚の準備までしてくれる。男が妻方に通い、新婚家庭の経済は妻方で担われていた当時、この準備は通常、妻方で担っていたのですが、この時はまだ自分のもとに紫の上がいることを、その父にも知らせていなかったため、夫である源氏のほうで準備したわけです。

父にも知らせていないというのもひどいんですが、紫の上はそうされても誰にも文句を言えない幼さですし、父側ももとより同居の娘ではないので、無関心に近かったのです。

なので、源氏にこうして正式の妻扱いされたことを、紫の上に従ってついてきた乳母は、「ここまで期待していなかったので、しみじみありがたく、行き届かぬことのない源氏の君のご配慮に、まずは泣けてしまった」と、感激している。

やがて源氏も「この姫君（紫の上）を、今まで世間の人もどこの誰とも知らないでいるのも見映えがしない感じだ。父宮にお知らせしよう」と配慮する。

紫の上の〝御裳着《もぎ》〟（成人式）のことも至らぬことなく準備して、すべてがハッピーという感じになっていくんですが、当の紫の上は、

「すっかり源氏の君を嫌がって（〝こよなう疎みきこえたまひて〟）、長年、すべてを信頼して、まとわりついていたとは、あきれたことだった、と、ひたすら〝悔しうのみ思して〟、まともに目も合わせない」

源氏が冗談を言って戯れてくるのも、

「〝いと苦しうわりなきものに思し結ぼほれて〟（ほんとにつらくてたまらず、塞ぎ込んで）、以前とは打ってかわった有様」

と描写される。

それを源氏は可愛くも可哀想にも思われて、恨み言を言いながらその年も明ける。

やがて紫の上との結婚は世間の知るところになって、
「西の対の姫君の〝御幸ひ《さいは》〟（ご幸運）を、世間の人も〝めできこゆ〟（賞賛する）」
（「賢木」巻）

乳母は喜び、父宮とも交流し、ただ継母だけは妬ましく、穏やかならぬ気持ちという感じで、紫の上の結婚話はめでたしめでたしと、ひとまず幕が閉じられます。

いかがでしょうか。

当時の価値観としては孤児同然の紫の上が源氏の正妻格になるのはあり得ないほどの幸運です。そのあたりを押さえながらも、女が「非常に嫌がっていた」「長年、父のように慕っていた源氏に犯され、激しいショックを受け、嫌悪感を抱いた」ということがこれでもかときっちり描かれている。

今で言えば、養父に性的虐待を受けた末に結婚させられたわけで、傷つくのも無理はありません。

当時はそうした観念は少なかったにしても、『源氏物語』は女側の痛手をしっかり押さえている。

紫式部は父に犯された女をどこかで見たのか……と、思えるほどです。

大貴族のやりたい放題の実態を告発？

レイプ的な関係は、紫の上だけではありません。

伊予介の後妻である空蟬のことも、源氏は無理に犯しています。

そもそも源氏が空蟬と出会ったのは、方違えのために、親しく召し使う紀伊守の屋敷を訪れたことがきっかけです。

方違えとは目的地へ行く際、方角が悪い場合、いったん別の所へ行って、改めて目的地へ向かうことです。

同じ方違えにしても、

「牛車ごと入れる気楽な所にしたいな」

という源氏の希望にも合致して、この受領階級の屋敷が選ばれました。

このあたり、大貴族の横暴が表れています。紀伊守は、

「父の伊予守（介）の家で忌むことがございまして、女どもがこちらに移ってきている折で、狭い所にございますから、失礼があろうかと存じます」

と、明らかに迷惑がっているんですが、源氏は、

「女が近くにいるというのが嬉しいのだ。女っ気のない旅寝はなんとなく恐ろしい感じだから。ぜひその女たちの几帳の後ろに」

などと勝手なことを言って、そのまま親しいお供だけを連れて乗り込んできます。

そこに、紀伊守の父・伊予介の後妻である空蟬も滞在していたのです。伊予介は単身で任国に赴任していたのでした。この空蟬が、伊予介の娘ほどの年齢の若妻で、落ちぶれ貴族ということで興味を持っていた源氏は、その寝所に侵入。

小柄な彼女を抱き上げて、奥にある自分の寝室に連れて行ってしまいます。それを女房も目撃しながら、「並々の身分の人なら、荒々しく引き離すこともできるが、それすらたくさんの人に知られてしまうので、いかがなものか」ということで、女房はなすすべもありません。そんな女房に源氏は、

「明け方にお迎えに参れ」（〝暁に御迎へにものせよ〟）（「帚木」巻）

と、どこまでも上から目線。

空蟬に対しては、情愛深く口説き文句を並べるものの、空蟬は、

「私は〝数ならぬ身〟（数にも入らぬ身の程）とはいえ、こう人を見下したやり方で

は、お気持ちの程も、なんで軽く思わずにいられましょう」

と、強硬に拒みます。果ては泣きだしてしまうのですが、源氏は、将来などを約束し、ありったけのことばで慰めて、ついには関係してしまいます。

これってレイプではないですか？

その後、源氏は空蝉の弟を使いとして、再び会おうとします。けれど、空蝉は二度と受け入れない。あげく、源氏は、忍び込んだ先にいた空蝉の継子の軒端荻を、人違いと知りながら犯してしまいます（空蝉は一足先に逃げ出していた）。

人妻だろうが、伊予介の愛娘であろうが、お構いなし。

それどころか、

「この女（軒端荻）は、結婚しても、変わらず打ち解けてくれそうに見えたな」（〝主《ぬし》強くなるとも、変らずうちとけぬべく見えしさま〟）（「夕顔」巻）

つまりは「いつでもヤレる女」と侮り、放置してしまう。そして彼女の結婚後は、

「処女じゃなかったことを知って、夫はどう思っているだろう」

と、夫の気持ちを思うと気の毒でもあり、また軒端荻の様子も知りたくて文をやりながら、

「まぁ夫もこの文を見つけたとしても、相手は私だったのだと思い合わせれば、ゆるしてくれるだろう」

などと思っている。それを作者の紫式部は、

「そんな〝御心おごり〟（思い上がり）は、あまりのことであった」

とコメントしています。

大貴族はやりたい放題です。
源氏は、右大臣の娘で、弘徽殿女御（大后）の妹である朧月夜とはじめて関係する時も、向こうからきた朧月夜をつかまえて、「誰か来て」と叫ばれながらも、
「私は、皆にゆるされた身なので、人を呼んでも無駄ですよ」（〝まろは、皆人にゆるされたれば、召し寄せたりとも、なむでふことかあらん〟）（「花宴」巻）
と、相手を黙らせています。宮中の花の宴が終わり、源氏は、藤壺に逢いたくて藤壺あたりをうろうろしていたんですが、どの戸口も閉ざされて隙がなかった。それで近くの弘徽殿の細殿に立ち寄ると、戸口が一つ開いていた。入ってみると、並みの身分とは思えぬ人が〝朧月夜に似るものぞなき〟とうたいながらこちらへ来たので、嬉

しくなった源氏はつかまえたわけです。もっとも朧月夜は「源氏の君か」と気づくと、気持ちを〝いささか慰め〟て、さほど抵抗もせず、源氏の兄の朱雀帝の尚侍として入内したあとも、源氏と関係を続けています。

実は『源氏物語』のこうした描写は現実を反映しているのではないかと私は考えています。

というのも、現実の大貴族や皇族も、受領階級出身の女房に対しては、やりたい放題だったのだなということが、史料や古典文学からはうかがえるからです。

『小大君集《こおおぎみのしゅう》』には、三条天皇が東宮時代、台盤所《だいばんどころ》（食器類を載せる足つきの台＝台盤を置く所。台所。宮中では清涼殿内の一室で女房の詰所）に〝すりの蔵人〟という女房がひとりでいたところ、

〝それとらへよ〟

と、〝ゆきより〟という者に仰せて、捕らえて〝更にゆるさでふしぬる〟（決してゆるさず、セックスしてしまった）ということが書かれています。

『紫式部日記』にも、宴会で酔った藤原隆家（道長の甥）が、〝兵部のおもと〟と呼

ばれる女房を無理やり引っ張っている様が描かれています。

「今夜は恐ろしいことになりそうなご酔態ぶりだ」（〝おそろしかるべき夜の御酔ひなめり〟）

と思った紫式部が同僚と示し合わせて隠れようとすると、道長につかまり、

「和歌を一首ずつ詠め。ならばゆるしてやる」

と脅された。

〝いとはしくおそろし〟

と思った紫式部は歌を詠み、難は逃れたようですが、場合によってはレイプされていたかもしれません。

『源氏物語』に描かれるレイプは、こうした現実の、紫式部なりの告発としても読めるのではないでしょうか。

不倫がやばい

こうして見ると、『源氏物語』って、まともな手続きを踏んだ恋や結婚がほとんどないんですよ。

当時の結婚は、身分にもよりますが、男が女に文をやり、最初のうちは女側は代筆・代返をして、やがて直筆の文を返し、何ヶ月かやり取りがあって、男が女の家を訪ねる。そこでも最初は簀の子という、縁側みたいな所に通されて（身分によってはいきなり廂《ひさし》の間に通される）、奥にいる女のことばを、端の女房が伝えるということをやる。そうして何度か男が訪れるうちに、簀の子→廂の間→女のいる母屋《もや》と、だんだん奥に通されて、関係。男が女と関係し三日連続して通った夜、女側の親族と共に披露宴があり、結婚が成立しました。

『源氏物語』を読む限り、女房を手なずけて手引き役に使い、女の寝所に入る例が多いので、最後の最後は、女に仕える女房の胸先三寸というところもあったのでしょうが、『栄花物語』には、三条院の皇女である前斎宮が男を通わせたため、前斎宮の乳母の監督不行き届きということで、激怒した院に追放されたと書かれています（巻第十二）。

逆に言うと、女房が男を手引きするにしても、女主人はもちろん、その家族の了解もある程度得た上でのことだったのでしょう。ちなみに院に追放された乳母は、前斎宮と関係した男が迎え取り、たいそう大事に世話をしたということです。

話を戻すと、源氏の正妻の葵の上などは当時の正式な結婚の手順を踏んだはずですが、そういう「まともな」結婚や恋は、『源氏物語』ではクローズアップされません。『源氏物語』で描かれるメインの色恋関係は、源氏と父帝の中宮・藤壺、源氏と兄・朱雀帝の愛妃・朧月夜、源氏の正妻・女三の宮と柏木、源氏と伊予介の後妻・空蝉、源氏と頭中将の妻の一人・夕顔、匂宮と薫の愛人・浮舟……と、いわゆる「不倫」がほとんどなのです。

順風満帆の恋の話など、面白くも何ともない。親の反対や配偶者といった「障害」のある恋のほうが、当事者の人間性も出て、「物語」になるということなのでしょうが、それにしては『源氏物語』の先輩の『うつほ物語』にしても『落窪物語』にしても『竹取物語』にしても、不倫の恋は描かれていない。『源氏物語』だけがなぜこうも不倫だらけなのか、ということは、研究の余地があると思う次第です。

第11章　年上がやばい……十九歳の源氏がアラ還女と!

『源氏物語』の正妻は年上だらけ

新聞を読んでいたら、東京都国立市で行われた自治体主催の婚活パーティについて、市が広報で参加者を募る際、申し込み条件に男女で年齢差をつけていたため、市民から苦情を受け、謝罪して訂正した、とありました。市によると、男性28～49歳、女性23～44歳という条件で各15人を募集、同日に市民から苦情がきて、次号で対象年齢を男女共に23～49歳に訂正した。委託された運営法人は、すでに行われた他市での婚活パーティで男女同年齢幅で募集したところ、女性は40代、男性は20代が多かったことを理由に、年齢差をつけることを提案し、市が受け入れた。この運営法人の代表は、「男性も女性も子どもを望む人が多いと思い、この年齢を設定した」とのことです(二〇二三年二月二十日付け「朝日新聞」朝刊)。

これ読んで、あらゆる意味でダメだわ～と思いました。

民間のお見合い企画で年齢差をつけるのならともかく、これだけジェンダーレスが叫ばれる中、自治体主催の企画で男女に年齢差をつけるとは……先進国で、ジェンダーギャップ指数が最低ランクの国なだけあります。

しかし、昔からこんな国だったかというと、さにあらず。

『源氏物語』に出てくる正妻なんてほぼ年上。正妻だけでなく恋人や愛人も年上が多い。

源氏の正妻・葵の上は源氏より四歳上だし、愛人の六条御息所は七歳（計算によっては十六歳）年上。源氏が愛してやまなかった藤壺は五歳年上で、恋人の夕顔は二歳年上、空蟬もおそらく年上です。

源氏だけではありません。

夕霧の正妻・雲居雁は二歳年上で、鬚黒の北の方も夫より三、四歳年上です。

実在の人物にしても、藤原道長の北の方の源倫子は二歳年上、一条天皇の中宮・藤原定子は三歳年上、三条天皇の皇后・藤原娍子は四歳年上。後一条天皇の中宮・藤原威子は九歳年上、その妹の、敦良《あつなが》親王（後朱雀天皇）の尚侍・藤原嬉子は二歳年上です。

このように物語でも現実でも、正妻はむしろ年上であることが多い平安中期ですが、肝心なのは当時は一夫多妻であるということ。これは非常に大きい！

源氏には年上妻の葵の上のほか、八歳年下の紫の上、九歳年下の明石の君といった年下妻がおり、晩年に迎えた正妻の女三の宮に至っては二十五、六歳も下と、親子ほどの年齢差がある。

上記の実在の人物にしても、九歳年上の妻以外に妻は持たぬまま崩御した後一条天皇を除くと、皆、年下の妻や愛人を持っていました。

また、年上妻といっても、結婚時の年齢は十代だったり二十代だったりすることを忘れてはなりません。

ただ、彼女たちが子を生んでいたかというと、あとで触れるように、こと『源氏物語』の源氏の妻や恋人に限ってみると、生涯、子を生まなかったり、生んだとしても一人という女君ばかりです。

子を生むことで繁栄するというのは現実世界では重大事でしたが、『源氏物語』では必ずしもそうではなかったことを、明記しておきたいと思います。

女の地位や経済力が高いほど、年上妻が生まれる仕組み

『源氏物語』やその時代、年上妻が多かったことには理由があります。

ずばり、妻方が新婚家庭の経済を担うことが多かったからです。

夫婦を含めた男女関係では、経済力を担う側が年上である、という傾向があります。若い女とつきあうオジサンが食事をおごり、若い男とつきあうオバサンが食事をおごるわけで、逆に言うと、カネを出す側が年上、出される側が年下ということになります。

平安時代の新婚家庭では、カネを出す側は妻方ですから、必然的に年上妻が多くなります。

たとえば『源氏物語』より半世紀ほどあとに書かれた『新猿楽記《しんさるがくき》』という往来物の元祖といわれる物尽くし的な書には、猿楽見物に出かけたある一家が紹介されています。その主人には三人の妻がおり、〝第一の本妻《もとのめ》〟は夫より二十歳年上の齢《よわい》六十の婆ですが、夫が〝弱冠《じやくくわん》〟(二十歳)にして宮仕えしたころは、〝舅姑《しうとしうとめ》の勢徳《せいとく》〟つまりはこの妻の両親の権勢と財力に目がくらみ、それに頼っていたという設定です。〝弱冠〟は各注釈書とも、『礼記《らいき》』を引いて「二十歳」の意としています。というこ

とは、この男は二十歳で四十歳の本妻のもとに婿入りしたんですね。

　ところが年を重ねるにつれ、男のほうも出世して、妻方の経済に頼らなくても済むようになると、

「ただ、第一の本妻の年齢が離れていることを悔やむ」（〝ただ年齢の懸隔《くゑんかく》なることを悔ゆ〟）

　という状態になります。

　自分が四十になってみれば、本妻は六十なんですから。しかし、この本妻に〝諸《もろもろ》の過失《くわしち》〟があっても、〝すでに数子の母たり〟といい、幾人か子をなしていた。それで夫はなすすべもないといいます。

　ちなみに『新猿楽記』の男には、第二の妻として同年齢の女、第三の妻として二十二歳年下の十八歳の女がいて、第二の妻には家政を任せ、第三の若妻は権力者と縁故がある上、〝容顔美麗〟で色気たっぷりなため、目の中に入れても痛くないほど可愛がっているという設定です。

　一夫多妻がゆるされた時代、男が権勢を得ていけば、おのずとそうなりますよね。

だからといって昔、経済的に世話になった年上妻を捨てることはなかなかできないと

いうわけです。

十代でアラ還女とつき合う主人公

『新猿楽記』の〝第一の本妻〟は、〝吾が身の老衰を知らずして、常に夫の心の等閑《なほざり》なることを恨む〟といい、男の愛を得るために、あやしげな祈禱に精を出し、男を恋慕する涙が白粉を流してしまうというふうに、徹底的にその老醜が描かれています。

年上妻は年を取るとつらいんですね。

『源氏物語』にも、年を取ってなぜまだそんなに好色なのか……と、若い源氏に呆れられる女がいます。

実在の人物にモデルがいたという説のある源典侍です（↓第3章）。

しかし彼女はそんなふうに呆れられながらも、「こう盛りを過ぎてもなぜそんなに乱れているんだろう」と、好奇心を抱いた源氏に口説かれて、男女の仲になり、さらに源氏の親友の頭中将もまた「こういうのにはまだ頭が回らなかったな」と、その好色心を試してみたくなって関係する。

この時、典侍五十七、八歳。源氏は十九歳です。頭中将はその少し上でしょうか。

いずれにしても十九、二十歳のイケメン貴公子と、五十七、八のキャリアウーマンが関係しているという設定です。

源典侍は笑われ役とはいえ、こうした設定が成り立つのは、経済的に自立した女が当時、多かったからでもあります。

それどころか、経済力に物を言わせ、若い男とつき合う年上女性さえいたであろうことは、『うつほ物語』に、莫大な資産をもった五十歳ほどの故左大臣の北の方が、三十歳あまりの男を通わせていることからも分かります（「忠こそ」巻）。

北の方は財を尽くして男をもてなしますが、男は塵ほどのものも与えぬまま、北の方が継子である男の子どもを陥れたこともあって、彼女の財が尽きると捨ててしまうという設定です。

男女の経済格差が広がると、夫婦の年齢差が広がり、縮まると年齢差も縮むことは、現代の統計にも表れています。

「平成27年国勢調査によれば、日本の夫婦は平均して夫が妻より2・413歳年上」で、「年代が上がると夫より妻が年下となる夫婦の割合が増え」「30歳の夫の場合、妻が年下となる夫婦の割合は42％ですが、60歳の夫の場合、妻が年下となる夫婦の割合は75％に増えます」とのこと（https://statresearch.jp/life/marriage/marriage_2.html）。

これは、若年層では女性の社会進出によって、夫婦の経済格差が縮んでいるからでしょう。

経済力のない妻ほど年下となるわけで、年上妻やうんと年上の女の恋人が描かれる『源氏物語』の背景には、女の相続権が強く（当時、子の相続権は、基本的に諸子平等、男女平等です）、妻方が経済を担うことが多かった当時の社会事情があるわけです。

第12章　ヘンタイがやばい……猫を女の身代わりに！　亡き女の人形を作りたい！

『源氏物語』のヘンタイさ

最初に断っておくと、この章で私の使う「ヘンタイ」とは、英語のクレイジーと同じで、ほめことばとして受け止めてほしいと思っています。

その前提で言うと、『源氏物語』には、ヘンタイも描かれています。

まず、源氏の親友でありライバルでもある内大臣（昔の頭中将）の子の柏木です。

彼は、玉鬘を異母姉とも知らず求婚し、彼女が鬚黒大将と結婚後は、朱雀院の愛娘である女三の宮に求婚していました。

が、皇女の婿としては今一つ官位が足りなかったため叶わず、女三の宮は源氏に降嫁します。

諦め切れない柏木は、宮の乳母子をせっついて逢瀬の機会を狙っているうち、源氏の六条院での蹴鞠で、偶然、女三の宮を垣間見ます。宮に飼われていた可愛い唐猫《からねこ》

（舶来の猫。のちには普通の猫にもいう）を、少し大きな猫が追いかけていた。猫には長い紐がつけてあったのですが、その紐が絡まり、御簾の端が引き開けられ、中が丸見えになった。その几帳の奥に、袿《うちき》姿で立っている人がいました。女房たちは主人の前では唐衣《からぎぬ》や裳《も》をつけた正装です。ラフな袿姿というのはその場で最も高貴な人、つまり女三の宮を意味しました。

糸をよりかけたような見事な髪、とてもほっそりと小柄で、姿や髪の掛かり具合が言いようもなく品があって可憐な様に、柏木はすっかり魅了されてしまいます。一緒にいた源氏の子で、柏木のいとこでもあり、親友でもある夕霧は、端近くで立っているなどという身分に似合わぬ宮の軽々しさに気づくのですが、恋に盲目となった柏木はただひたすら惹きつけられて、

「思わぬものの隙間からこうしてお姿を垣間見れたのも、自分が昔からお慕いしている気持ちの叶えられるしるしなのではないか」

と嬉しい気持ちになってしまうのでした。

これがのちに宮を犯す事件につながるのですが、宮を慕う柏木はこの時、ある行動に出ます。

宮を垣間見るきっかけとなったあの唐猫を我が物にすべく、猫好きの東宮を「宮のもとには可愛い猫がいる」とそそのかし、宮から猫を召し上げさせた上、東宮には、「これにまさる猫が何匹もおりますようなので、これは私がしばらくのあいだ頂戴してお預かりしましょう」

と、入手してしまうのです。

東宮をだましたわけで、ちょっとした不敬行為ですよね（ちなみに天皇妃との不倫や皇統乱脈の描かれる『源氏物語』は、第二次大戦時、「不敬の書」と見なされていました）。

この猫を柏木は撫で可愛がり、

〝ねうねう〟（「若菜下」巻）

と可愛らしく鳴くのを、

「やけに積極的だね」（〝うたてもすすむかな〟）

と苦笑します。

〝ねう〟を〝寝む〟と受け取って、「寝よう寝ようと誘うなんて、せっかちだなぁ」

と解釈しているわけです。

そうしてこの猫の顔を見て話しかけて、ますます可愛らしく鳴くのを、〝懐に入れて〟ぼんやり物思いにふけっているので、女房たちは、

「変ねぇ。急に猫がご寵愛を受けるようになって。こんなものには見向きもしないご性格だったのに」

と見咎めます。しかも東宮から催促があってもお返しせず、この猫を閉じ込めて〝語ら〟っているのでした。

この時柏木二十五、六歳。

いい年をして、宮の代わりに得た猫と寝たり、〝語らひたまふ〟という行為に出ている。古語で〝語らふ〟というのは、結婚を前提としないセックスを意味してもいます。

ヘンタイですよ。

猫を愛すること自体はヘンタイでも何でもないんですが、好きな女の身代わりとして猫を愛撫するのがヘンタイなんです。

ちなみに当時の猫は高級なペットとして宮中でも飼われており、基本的には紐や綱をつけられていました。この習慣は十七世紀初頭まで続いていたようで、御伽草子の『猫の草子』には、慶長七（一六〇二）年八月中旬に、洛中に猫の綱を解いて、猫を

解放せよというお触れが出たことが記されています。

セックスレスがやばい　草食男・薫の正体

この柏木のタネである薫もまた、ヘンタイです。

彼は、八の宮の長女の大君に惹かれ、一夜を共にするものの、相手が拒んだので、最後まではしなかったという（今なら当たり前ですが）、『源氏物語』においては希有な性癖の男です。

大君死後、その妹の中の君を匂宮に譲ったのが惜しくなって、妊娠中の彼女に添い臥《ふ》すものの、妊婦のつける腰帯に思いとどまって、やはり最後の一線は越えない。

現代人にしてみれば、普通は越えまいと思うでしょうが、中の君は結婚したとはいえ、薫の経済的な庇護を受けていています。

貧しい八の宮家に生まれた彼女は、乳母が逃げ出すほどの貧困の中、美しく育ち、匂宮の妻として二条院に迎えられ、匂宮も精一杯大事にしていたのですが、いかんせん彼はおぼっちゃん育ちで、

「経済的に不如意で貧しいことが、どういうものかもお分かりでない」（〝世の中うち

あはずさびしきこと、いかなるものとも知りたまはぬ〟）（「宿木」巻）という人なので、細かな暮らし向きのことは気が回りません。そこをフォローしていたのが、八の宮に「姫たちをよろしく」と頼まれていた薫です。薫とて、匂宮に劣らずお坊ちゃん育ちなものの、亡き八の宮のわびしい暮らしを見て以来、貧乏生活の哀れさを知り、気が回るようになったという設定です。

このように、中の君にとって薫はなくてはならない男だったのです。こうした負い目を持った女とは、源氏ならさっさと関係していたところでしょうが、薫はしないんですね。

大君とも中の君とも、添い寝しながら、しない。

『源氏物語』には、若い男のセックスレスについても描かれていたんです。

彼は、「自分は好き心などない人間だ」（〝我はすきずきしき心などなき人ぞ〟）（「橋姫」巻）と自称する男で、実際、希有な辛抱強さがあったのでした。

ところが、そんな薫も、大君・中の君姉妹の劣り腹の妹である浮舟に対しては、逢ったその日にやってしまうんです。

あまりにあっけないことと、周囲の女房が驚くまでに簡単に。

しかも、行き先も告げず、浮舟を連れ出して、亡き八の宮たちがいた宇治の屋敷に彼女を囲ってしまう。

要するに薫は、相手の身分が劣るとみると、性欲丸出しの男なんです。

単に階級意識の強い男というだけだったわけです。

受け継がれるヘンタイの血筋

この薫が、『源氏物語』随一のヘンタイなんです。

彼は、大君の死に顔が生前と変わらず、可憐な姿であるのを見ると、

「このまま虫の抜け殻のように、いつまでも見ることができたら」（〝かくながら、虫の殻《から》のやうにても見るわざならましかば〟）（「総角」巻）

と、考えていました。

その執着心は凄まじく、「好き心がない」どころか、好き心もここに極まれり、という趣です。

薫は亡き大君を慕うあまり、

「亡き大君に似た〝人形《ひとがた》〟を作るなり、絵にも描き写すなりして、勤行したい」

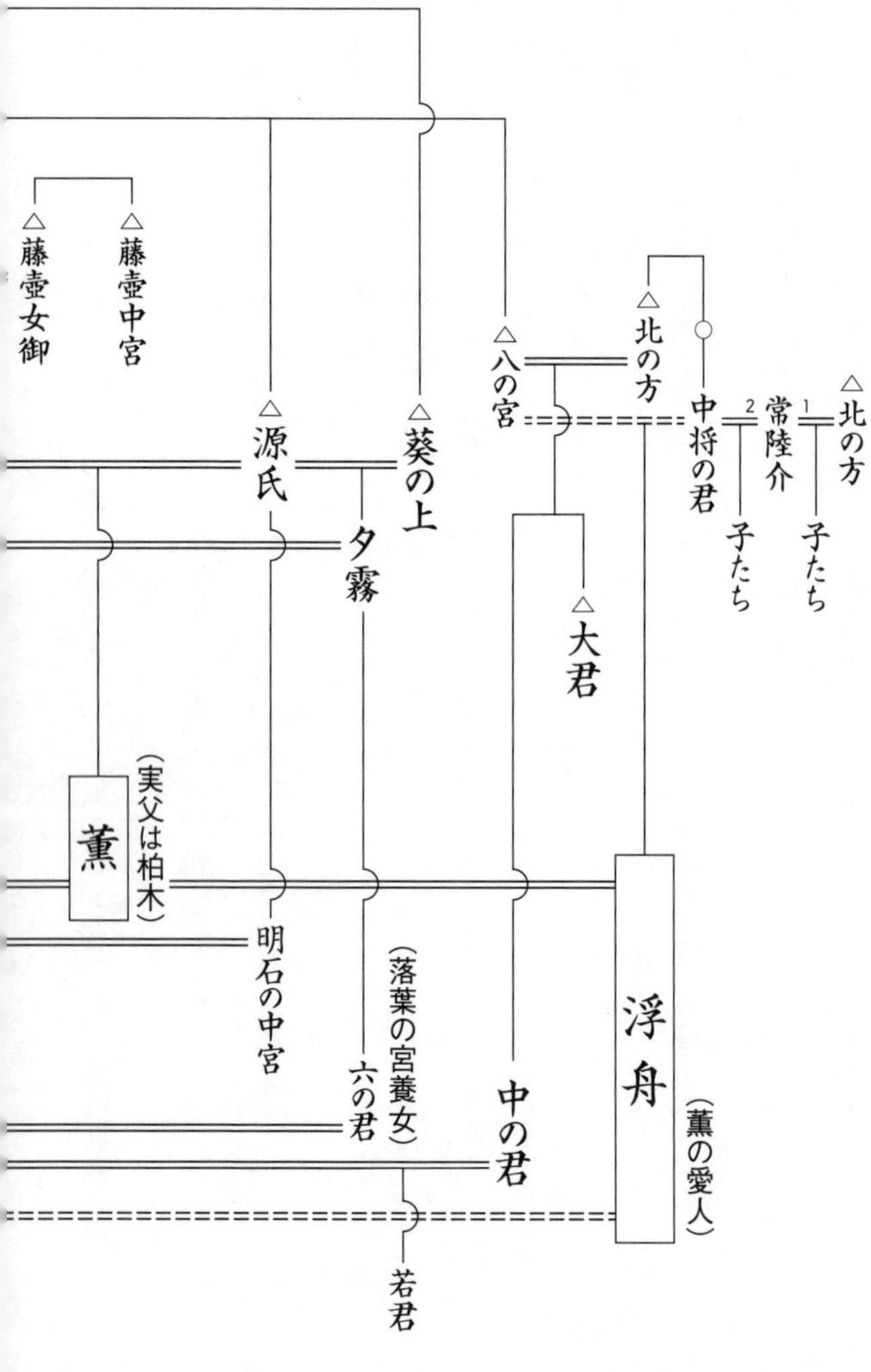
△藤壺女御
△藤壺中宮
△源氏
△葵の上
△八の宮
△北の方
中将の君
2
常陸介
1
△北の方
子たち
子たち
夕霧
△大君
薫
（実父は柏木）
浮舟
（薫の愛人）
明石の中宮
（落葉の宮養女）
六の君
中の君
若君

● 系図③「東屋」巻時点

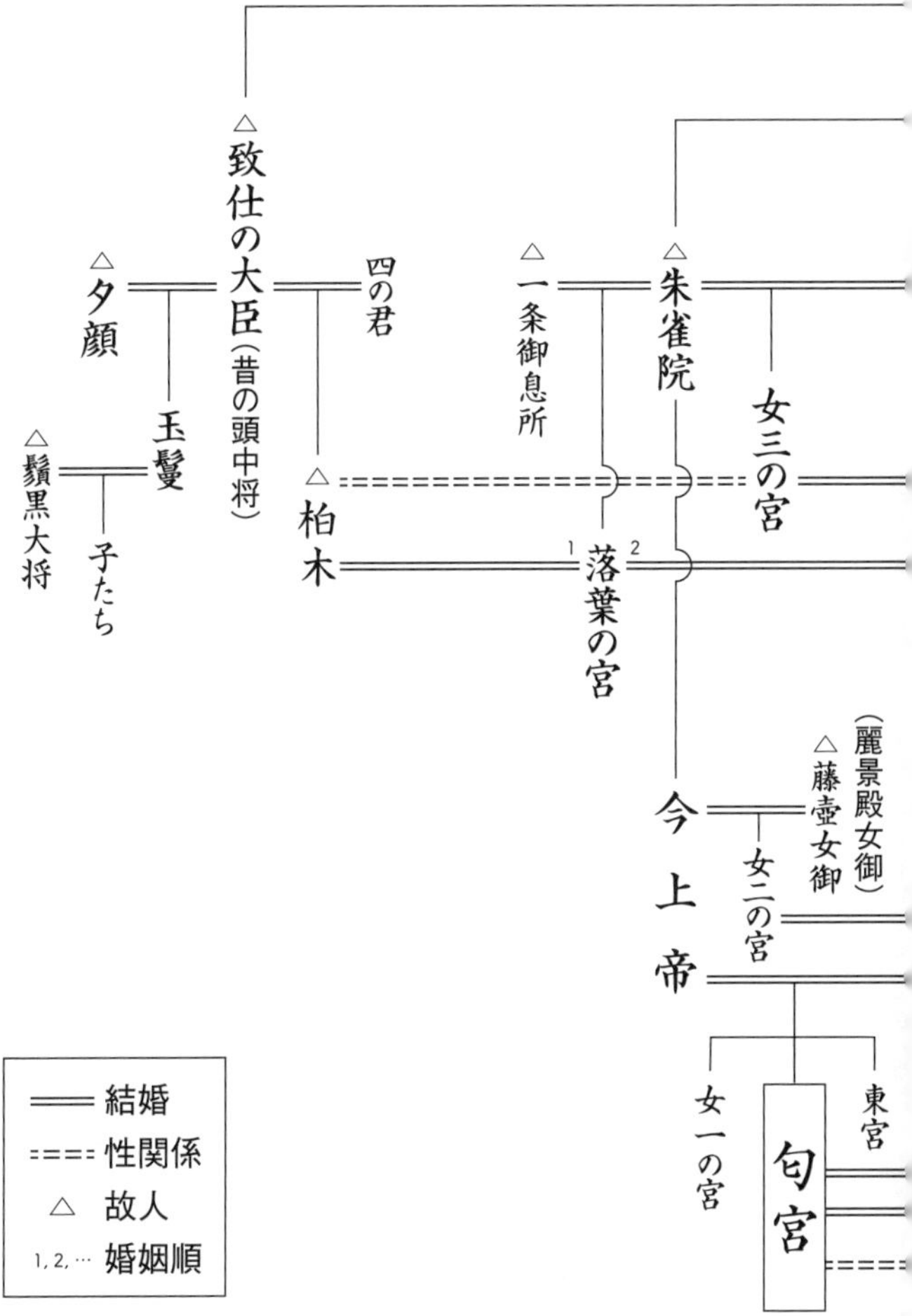
△致仕の大臣（昔の頭中将）
△夕顔
四の君
玉鬘
△鬚黒大将
子たち
△柏木
△一条御息所
△朱雀院
女三の宮
1
2
落葉の宮
今上帝
△藤壺女御（麗景殿女御）
女二の宮
女一の宮
匂宮
東宮
結婚
性関係
△ 故人
1, 2, … 婚姻順

と、大君の妹の中の君に漏らしてもいました（「宿木」巻）。仏像ならぬ亡き大君の像を安置して拝みたいとまで言うのですから不気味ではありませんか。

中の君は、多くはこのことばに触発されて、交流のない異母妹の浮舟の存在を薫に教えたのでした。直接的には、亡き姉を思う薫の気持ちを〝いとほし〟と思ったからですが、何かにつけて、口説いてきたり、手を握ってきたりする薫の態度に、

「何とかして彼のこういう気持ちをなくさせて、穏やかな関係でいたい」

と思ったからでもあります。薫の援助は取りつけながら、性的対象にはされたくない。それで自分の身代わりにろくに知りもしない異母妹のことを口に出したのです。

浮舟は、大君や中の君と同じく、父は八の宮ですが、母は八の宮に仕える女房で（といっても八の宮の亡き北の方の姪という近い存在です）、父に認知もしてもらえず、母の結婚相手である受領の継子となっていました。

こんな浮舟の存在を知った薫は、宇治でその姿を垣間見て惹かれながらも、受領の継子風情に熱を上げていると世間に思われるのが嫌なばっかりに、自分では手紙すら

出さず、その機会を狙っていた。

そうして、浮舟が、中の君のいる二条院で女房に間違えられ、匂宮に犯されそうになり、その母親によって三条の小家に移されたところを、チャンスとばかり訪れて、あっと言う間に我が物にして宇治に連れて行ってしまうのです。

この時の薫の発想もヘンタイで、彼は浮舟を亡き大君の〝形代《かたしろ》〟（身代わり人形）として、大君のいた宇治に置いて、大君の代わりに愛撫しようと目論んでいたのです。

生身の人間を使って、ドールハウスごっこをしようというわけです。

妻でさえ誰かの身代わり

それればかりではありません。

この浮舟が匂宮と薫の板挟みにあって、宇治川に身を投げ自殺をしてしまうと（実は生きていたのですが）、かねてから憧れていた、匂宮の姉の女一の宮をのぞき見て、その時とまったく同じシチュエーションを、自分の妻で、女一の宮の異母妹である女二の宮を使って再現してもいます。

ある夏の暑い日、当時の貴重品だった氷を蓋の上で割るというので女房たちが騒いでいる。それを、白い薄物《うすもの》を着た人が手に氷を持ちながら少しほほ笑んで見ている。その顔がことばにできないほど可憐なのです。彼女に比べれば御前にいる女房たちは〝土〟くれのよう。この佳人こそ、女一の宮でした。女房たちは根気よく氷を割って、頭にのせたり、胸に当てたり、行儀の悪いことをする者もいます。女房が氷を紙に包んで、宮に差し上げると、実に美しい手を差し出して、女房に拭かせ、

「いえ、持つのはやめる。しずくがイヤ」（〝いな、持たらじ。雫むつかし〟）（「蜻蛉」巻）

と言う。薫はその声をほのかに聞くにつけても嬉しくてたまりません。

すっかり女一の宮に魅せられた彼は、翌朝、妻の女二の宮に、

「ほんとに暑いね。もっと薄いお着物をお召しなさい」

と言って、女一の宮が着ていたのとそっくりの薄物の単衣《ひとえ》をわざわざ女房に縫わせます。妻が着ないでいると、

「なぜ着ないのです」

と言って、〝手づから〟妻に着せてやる。

その上、氷を取り寄せて、女房たちに割らせ、それを一つ取って、妻に〝奉りな

ど〟する。そして、

「絵に描いて恋しい人を見る人（『白氏文集』によると漢の武帝は李夫人の死後、絵に描かせた）もいたではないか。ましてこの人はあの方の妹宮なのだから、心を慰めるには不似合いの人ではないのだ」

と考えるものの、

「昨日こんなふうに自分もあの場に混じって、心ゆくまであの方を拝することができていれば」

と思うと、ため息が漏れる……。

なんと薫は、妻を使って、恋しい女一の宮を見た時と同じシーンを再現している。

彼にとって皇女という高貴な妻ですら、誰かの身代わりなのです。

彼がセックスできる女は大君の身代わりの浮舟や、女一の宮の身代わりの女二の宮であるわけで、「この女は身代わりなのだ」と思わないとセックスできないほど自信がないのかもしれません。

薫は世間的には源氏の子ですが、実父はあの柏木です。

ヘンタイの血は争えないというわけでしょうか。

第13章　身代わりがやばい……かけがえのない人なんていない？

なぜ「容姿の似た女」に萌えるのか

『源氏物語』を初めて読んだ中学生時代、奇異に感じたことは多々あるのですが、最も奇妙に思ったのは、登場する男たちの多くが、愛するけれども結婚できない、もしくは添い遂げられない女の「身代わり」として、彼女によく似た容姿の女を求めていた点です。

え？　「見た目が似た女」で満足できるの？　男ってそんなに単純なの？

というのが、当時の私の率直な感想でした。

桐壺帝は、亡き桐壺更衣に似た女性ということで藤壺を愛し、源氏は愛慕する継母・藤壺に似ているからと、その姪の紫の上を妻にし、宇治十帖の薫は、亡き大君に似ているからと、その異母妹の浮舟を囲い者にする……。

それでいいのか、満足なのか……と思うんですが、たとえば桐壺帝の場合は、藤壺を妻にした結果、

「桐壺更衣を失った悲しみが紛れるわけではないけれど、しぜんとお心が移ろって、格段にお気持ちが慰められるようなのも、しみじみ胸に迫ることなのでした」（〝思しまぎるとはなけれど、おのづから御心うつろひて、こよなう思し慰むやうなるも、あはれなるわざなりけり〟）（「桐壺」巻）

　という感じになっている。

　悲しみは紛れないまでも、心は慰められるというんです。

　でもそれなら、なにも容姿が似た女でなくても、新しく愛する人が現れれば、そうした心境になるものじゃないですか？

　別に似ていなくたって、素敵な女であれば、それで良くないですか？

　なぜ、「見た目が似た女」に、『源氏物語』の男は萌えるのか。

　今思うとそれは、当時の結婚制度とか、貴族社会の慣習とも深く関わっているのではないか。

　貴婦人が、親兄弟と夫以外の男には顔を見せなかった当時、女がどんな容姿をしているかは、「噂」か「覗き見」（〝垣間見《かいまみ》〟といいます）で知るしかありません。垣間見は、男が女のもとにある程度通っていて、そこの女房などを手なずけないと難しく、ハードルが高いのですが、「噂」というのは、「どこそこの令嬢はこんな容姿らしい」「あそこの北の方はあんな感じらしい」と、普通に暮らしていても入ってくるものです。その時、男は相手の容姿がまったく分からないので、

「身近な女だと、誰に似てる？」

と、その男の知っている女と比べて、綺麗かブスか、あるいは似ているかということで判断したはずです。今なら「芸能人で言うと誰？」といった感じで、人前に姿を現さない貴婦人の容姿を形容するには、どうしてもその男の知っている女を基準にするしかなかったのではないでしょうか。

女の容姿を自由に見られるのは、そこに出入りしている女房です。その女房というのがまた勤め先の屋敷を掛け持ちしていたり、あるいは、その姉妹や母親や叔母さんなどが、別の屋敷に仕えていたりして、令嬢の容姿の情報を握っている。

たとえば『源氏物語』の柏木は、自分の乳母が、女三の宮の乳母と姉妹だったため、自分の乳母を通じ、まだ宮が幼いころから、

「とてもおきれいでいらっしゃる、ミカドが大事にかしずいていらっしゃる」

といった噂を聞いて、宮への思いが生じたのだ、と物語は説明しています。

桐壺帝が藤壺に入内するよう打診したのも、ミカドにお仕えしていた典侍が、藤壺の母后の御殿にも親しくお仕えしていたために、藤壺を幼少から拝見し、今もちらりとお見受けすることがあって、

「亡き桐壺更衣と似た人を、三代の御代にお仕えしていても拝見したことがなかったのですが、この姫宮こそは、まことに生き写しでございます」

と、進言したからです。

このように、問わず語りで女房が教えてくれることもあれば、男が意中の女の容姿を事情通の女房に尋ねることもあるでしょう。その際、男にとって基準になるのは、

「うちのおかんと比べてどう？　鼻の感じは？　目の感じは？」

と、誰かに似ていることであろうかと思うのです。

『源氏物語』で、「似ている女」がこんなにも登場するのは、そんな背景があったからではないでしょうか。

「身代わり」として愛されることは「苦」

『源氏物語』における「容姿の似た女」は、男にとって、手の届かぬ女の「身代わ

り」として、愛されるという設定になっています。

この発想は、私を含め、現代人にとって、最も不思議に思われるところではないかと思うのですが……。

これもまた、「容姿の似た女」と同様、当時の習慣や信条を考えてみると、おぼろげながら、その意味が浮き彫りになってきます。

それは、仏教の影響です。

当時の貴族にとって、仏教は身近な宗教であり、生活習慣の基本ともなる教えでした。

『源氏物語』の末摘花の長い鼻は、〝普賢菩薩の乗物〟と形容されています。言うまでもなく象のことで、当時の読者にとっては、それが分かりやすい形容だったのです。

源氏が玉鬘を相手に展開する物語論におけるたとえ話でも、〝方便〟といった仏教用語が使われています。たとえ話というのは、難しいことを分かるように説明する際、使われるもので、それだけ仏教用語が読者にとって身近だったわけです。

この仏教には、「代受苦」という概念があります。仏が人間の苦悩を代わりに引き受けてくれるという発想で、「身代わり地蔵」などがその系譜上にあります。

『源氏物語』の身代わり女は、間違いなくここから発想を得ているでしょう。

ここで疑問なのは、『源氏物語』で誰かの「身代わり」とされた女たちは、誰かの代わりに苦を受けているのか、ということです。

亡き桐壺更衣に似ているからと桐壺帝に入内した藤壺は、その身分の高さも手伝って、更衣と違って人にも侮られず、ミカドも存分に厚遇することができました。苦なんて受けてないじゃないか、と思われます。ただ、ミカドの皇子の源氏と関係し、不義の子を生むことで苦悩し、源氏の夢枕に立った姿によれば、死後は地獄の責め苦を受けている様子でした。

この藤壺の代わりに、源氏の愛妻となった紫の上は、ナンバーワンの妻として君臨する。しかし中年以降、女三の宮という若く高貴な女が正妻として乗り込んでくることで、ストレスによって胸の病を発症し、念願の出家もできぬまま死んでしまいます。

さらに浮舟の場合、はなから異母姉・大君の〝形代〟として求められていることを、薫は、本人が聞いているそばで公言し、母・中将の君もそれと承知で、娘を薫に差し出す気持ちになっている。あげく浮舟は、薫と匂宮との板挟みになって、自殺を図り、僧尼に助けられたあとも、

「私は命をとりとめても〝不用の人〟なので、人に見られないようにして、夜のあいだに、この宇治川に落として下さい」

と泣くというようなところまで追いつめられます。彼女はしかし、最後には念願の出家を遂げ、男からも逃れることになる。

出家した浮舟は、

「これで世間並みの結婚をしなければと思わずに済んだことこそは、ほんとに素晴らしいことなのだと、胸がすっきりする心地がした」(〝世に経《ふ》べきものとは思ひかけずなりぬるこそは、いとめでたきことなれと、胸のあきたる心地したまひける〟)(「手習」巻)

と、描かれます。結婚せずに済むと思うと、初めて心が晴れるのです。

ほかの女の身代わりとして男に愛された女は、総じて男との関係に苦しんでいます。『源氏物語』では、男と関係すること自体が「苦」とされているふしがあるのです。

なぜこんなに「身代わりの女」が多いのか

問題はなぜ『源氏物語』にはこれほど「身代わりの女」が多いのかということです。

考えやすいのは、愛のはかなさ、人の世のはかなさを思い知らせるためでしょう。桐壺帝は、桐壺更衣の身代わりたる藤壺を得て、悲しみは癒えずとも心は慰められたものです。

源氏は、藤壺の代わりに紫の上を得たものの、藤壺への思いが忘れられず、紫の上と同じく藤壺の姪の女三の宮を妻にし、失望。しかも別の男（柏木）のタネの子・薫を、我が子として育てることになります。これを源氏は、自分が父帝を裏切って藤壺と関係し、冷泉帝をなした罪の報いと受け止めたものです。

そして、亡き大君の代わりに浮舟を囲い者にした薫は、親友の匂宮に浮舟を寝取られ、浮舟は薫と匂宮の板挟みにあって自殺してしまう（未遂だったわけですが）。その時、薫は、

「私はこうした女の筋につけて、激しく悩む宿命だったのだ。人とは違う出家暮らしをこころざしながら、思いのほかにこうして俗人として長らえているのを、仏なども憎らしくご覧になっているのだろうか。人を発心させようとして仏のなさる方便は、本来の慈悲心をも隠して、こんなにも残酷なものなのかもしれない」

と考えています。

こうした薫の思考回路からしても、「身代わりの女」という発想の背後には、仏教思想が横たわっていることは確かでしょう。

「身代わりの女」が多いことの、もう一つの理由としては、「他人にとって、人間は、代替可能である」ということを言わんとしているのではないか。

つまり、他人にとって、かけがえのない人間などいない、失ったとしてもいつかその心は慰められていくし、代わりになる人間はいる……。

だからこそ、人の思惑を気にせず、生きていくべきだ、という教えも込められているのではないでしょうか。

なぜ「身代わりの男」はいないのか

『源氏物語』には、「身代わりの女」はいても、「身代わりの男」はいません。その意味も考えるべきで、これはひょっとしたら、仏教説話などにはよく見られる、仏が、女の姿になって男に犯されてやるといった説話と関係しているのではないか。仏教説話には、その逆のバージョン……仏が男の姿になって女に犯されてやるというバージョンはありません。男の代わりに女と交わって、女を極楽浄土に導く仏はいないのです。それは日本の仏教では、女は男に罪を犯させる罪業深い存在という考え方が根強く、男に女犯の罪を犯させないよう、仏が代わってあげるという発想はあっても、その逆はないということなのだと思います。つまりは、男性本位なのです。

一方で、紫の上や玉鬘といった例外はありますが、『源氏物語』の女君たちの多くが、源氏と関わりながらも最終的には出家しているという設定であるのは、もしかしたら、仏さながら、美しく光るような源氏という男が、仏の代わりに女を浄土へ導いている、と見ることもできるのではないか。

紫式部は、男性本位の発想の当時の日本仏教に対して、大きな挑戦をしているのではないか。

『源氏物語』の「身代わりの女」が、示唆するところは広く深そうです。

第14章　毒親がやばい……娘の人生で野望達成！

『源氏物語』にも「毒親」はいる

スーザン・フォワードの『毒になる親』が出版されて以来、日本でも「毒親」ということばが市民権を得た感があります。

この本は、それまでおぼろげながらも人々が感じていた、支配的な親、子をスポイルする親、生きる力を奪う親、子に依存する親……等々、当の親は子を愛し守っているつもりで、子もそう信じていたけれど、それにしては何かがおかしい、というような実態に、名をつけ、形にしてくれたという点で、大変な功績であろうと思います。

そのくらい、毒親的な人は昔からいたし、むしろ、時に親は子にとって毒になるという発想がなかった昔のほうが、堂々と無自覚に親は子を支配し、毒していたとも言えます。

『源氏物語』にも、今でいう毒親はたくさんいます。

その代表が男では明石の入道、女では中将の君でしょう。

高貴な男と結婚できないのなら海に入ってしまえ！

明石の入道は、明石の君の父親です。

彼は、もとは高貴の出身でしたが、自ら望んで受領階級に下り、身分は低くても莫大な富を築いていました。

そんな彼は、源氏が須磨で謹慎中、小舟を出して明石に源氏を迎え入れ、娘の明石の君と結婚してほしいと、源氏に頼み込みます。しかし当の明石の君は、

「高貴な人は、私を人の〝数〟にも入れてはくれまい」（「須磨」巻）

と思っていました。かといって、

「身分相応な結婚もしたくない。長らえて、私を思ってくれる親たちに先立たれたら、尼にもなろう、海の底にも入ってしまおう」

などと考えていた。

極端です。

なぜこんな思考回路になったかといえば、生まれた時から父に、

「もしも私と死別して、高貴な人と結婚するという願いを遂げずに、私の思い描いた運命と違うことにでもなったら、海に入ってしまえ」（〝もし我に後《おく》れて、その心ざし

遂げず、この思ひおきつる宿世違《すくせたが》はば、海に入りね〟）（「若紫」巻）

と、〝常に遺言《ゆいごん》〟されていた。つまりは「洗脳」を受けていたのです。

結果、めでたく源氏という高貴な男と結婚し、姫君を出産。明石の君の身分が低いため、姫君は、源氏の正妻格であった紫の上の手元で育てられますが、そうして箔の付いた姫君は、東宮に入内し、皇子たちを出産、明石の入道の野望は叶います。

実は、明石の入道は、妻が娘の明石の君を妊娠した時、一族から天皇と皇后が出現するという吉夢を見たのです。その夢を叶えるにはどうすればいいか……と考えた末、入道は、実入りのいい受領に身を落とし、貴公子と娘との結婚を待ち受けたのでした。東宮に入内した姫君が男御子《おとこみこ》を生んだ時、そのことを入道は、明石の君への手紙で打ち明け、自身は栄華の恩恵を被らずに深い山に入ってしまいます。

「では父はこんなはかない夢を頼みにして、高望みをしていたのか」

明石の君は驚きますが、極上の栄華を確信する気持ちにもなります。

入道が栄華の恩恵をあえて得なかったのは、娘を入内させて、生まれた皇子を即位させ、その後見役として「外戚」（母方の一族）が繁栄するという、当時の政治の仕組みへの「批判」のようにも受け取れますし、父方である源氏の栄華を際立たせるための設定にも思えます。受領階級に身を落とした入道が今さら政治の世界に復帰しても、陰で力を振るうしかないでしょう。

いずれにしても、明石の君が非常にデキた娘だったので、入道の野望は実現したわけですが……。

こんなふうに親の期待を一身に背負う娘のプレッシャーは半端なく、「栄華」か、さもなくば「出家」か「死」という親の教育は、どう見ても「毒」としか思えないんですよね。


落ちぶれるくらいなら、娘を尼にして深山に置く！


こうした親を私は「〝all or nothing〟の親」と呼んでいます。

そして、この手の特徴が顕著な親は、『源氏物語』にはもう一人いて、それが宇治十帖の中将の君です。

中将の君は、八の宮の北の方の姪であり、八の宮家に仕える女房でした。北の方が死んだあと、八の宮の手がついて妊娠。浮舟を生むものの、八の宮は主としてそれに懲りたため、〝俗聖《ぞくひじり》〟と呼ばれるような求道生活にシフトするという設定です。打ち

捨てられた中将の君は受領（常陸介）の後妻になり、浮舟が元気でいることを報告しますが、

「二度とこのような連絡はしてくるでない」

と、八の宮に冷たく突き放されて、宮家を恨みながら、受領とのあいだにも子を作ります。

けれど、夫の常陸介が、浮舟を〝他人《ことひと》〟として他の子と分け隔てすることも恨めしく、また浮舟が他の子とは比較にならない容姿や雰囲気であるにつけても、不憫でならず、

「なんとか〝わが姫君〟を、申し分のない相手と結婚させてやりたいものだ」

と、明け暮れ目を離さず、撫でかしずいていたのでした。

一方で彼女は、

「私が死んでしまったあとは、思いも寄らない状態で落ちぶれてしまうのではと悲しいので、いっそ尼にして深い山にでも住まわせて、それ相応に世間並みの結婚も諦めてしまおうかなどと、思案に余ったあげくは、そんな考えになっています」

と、浮舟の異母姉の中の君に語ってもいる。

極上の結婚か、さもなくば出家……明石の入道と同様、極端なんです。

明石の入道といい、中将の君といい、娘を溺愛しているのは分かるんですが、入道なんて、娘の代わりに源氏に返歌をしている。こうしたことは当時の親には実際にあったことで、『蜻蛉日記』の作者の道綱母も、息子の代わりに恋文を詠んだりしていますけれど、この人も今でいえば立派な毒親ですからね（詳細は拙著『毒親の日本史』をどうぞ）。

入道は、妻がとやかく反対するのも聞き入れず、もちろん娘本人の意志にも関わりなく、娘のもとに源氏を導くべく、彼女の部屋を輝くばかりにしつらえて準備万端にするなど、マジでやばい感じがします。娘の意志はお構いなしに、男を導こうと手配しているんですから。

明石の君が受領の娘ながら、神業的な楽器の達人で、高貴な人に引けを取らぬ人柄と相まって、結果オーライだからいいようなものの、悲惨なのは宇治十帖の浮舟です。

私は生きていても〝不用の人〟

浮舟は、母の中将の君にこそ溺愛されていたものの、父の八の宮には劣り腹の娘として認知もされず、継父の常陸介には〝他人〟として差別されていました。そして母によって、ほどほどの身分の相手が用意されましたが、その相手は介の財産と後見が目当てだったため、浮舟が介の継子と知ると、結婚の日取りも変えず、介の実子（中将の君の子でもあります）に乗り替えてしまいます。

怒った中将の君は、「この子の味方になる親類がいないから侮っているのだ」と考え、長年交流のなかった八の宮の遺児・中の君の屋敷に乗り込み、かねて浮舟を希望していた薫に、浮舟を縁づけるべく託して帰ってしまいます。

薫とは身分差があるし、れっきとした正妻がいるのに、そんな男に娘を縁づけたらつらい思いをするだけ……と、かつては考えていたのに、実際に薫を見ると「年に一度の七夕みたいな逢瀬だって、こんな素敵な男ならいいのでは」と、思ってしまったのです。

ところが……浮舟は、中の君の夫の匂宮に、新参女房と間違えられて犯されそうになってしまう。乳母から報告を受けた中将の君は、浮舟を三条の小家に移します。そうと知った薫は、さっさと浮舟を犯し、そのまま宇治に連れて行って囲い者にしながら放置。その隙に、薫を装った匂宮に、浮舟は犯され、二人の男の板挟みになって、自殺してしまうのです。

明石の君ほどの気位もない、本気で彼女を守ってくれる父親もいない浮舟の末路は哀れの一言です。


と言っても実は、浮舟は生きていて、横川の僧都やその妹尼に救われるのですが、なんと記憶喪失になっていた（↓第7章）。

そして、介抱してくれた妹尼に、

「私は命をとりとめても、つまらない、不用の人間です」（〝生き出でたりとも、あやしき不用の人なり〟）（「手習」巻）

と言って、宇治川に落とし入れてくれるよう息も絶え絶えに頼みます。

さらに記憶を取り戻すと、

「尼にして下さいませ。それだけが生きる道なんです」（〝尼になしたまひてよ。さてのみなん生くやうもあるべき〟）

と出家を切望。妹尼はただ頭の頂を形ばかり剃って、在家信者の守る五戒を授けます。が、何が何でも出家したい浮舟は、この妹尼の留守中、立ち寄った僧都に、

「どうか尼にして下さいましよ。生きていても、普通の人のようには生きていけそうにない身なのです」（〃尼になさせたまひてよ。世の中にはべるとも、例の人にて、ながらふべくもはべらぬ身になむ〃）

と、懇願。僧都は、

「不思議だ。これほどの容姿有様でいながら、なぜ身を厭わしく思い始めたのか」（〃あやしく。かかる容貌《かたち》ありさまを、などて身をいとはしく思ひはじめたまひけん〃）

と、怪訝に思います。

それほどまでに、浮舟のたぐいまれな美貌と、自己評価の低さのギャップが、異様に思われたのです。

結局、浮舟は、宮廷での用事を済ませてからと言う僧都に、妹尼の帰宅後では妨げられると恐れ、

「気分が悪化して乱れています。これ以上重くなったら出家の甲斐もありません」

と泣いてせがんで出家を遂げます。そして、

「これで世間並みの結婚をしなければいけないと思わずに済む」（〃世に経べきものとは思ひかけずなりぬる〃）

と思うと、〝心やすくうれし〟と、はじめて〝胸のあきたる心地〟（胸がすっきりした心地）になるのです。

浮舟の生きづらさ

浮舟の生きづらさの感覚と、その美貌には大きなギャップがあります。だからこそ登場人物の僧都も不思議に思ったわけですが、最終的には、「何かそれなりの理由があるのだろう」（〝さるやうこそあらめ〟）と、その願いを受け入れている。

芸能人の自殺報道などに接すると、なぜこんなに美しい人が……と驚くことがあると思うのですが、やはり何か理由があるのだろう、と考える。それと似たような感じでしょうか。

生きづらさというのは、必ずしも親のせいとばかりは言えません。

ただ浮舟の場合、「これで結婚しなければと思わなくて済む」と思っているところに注目してください。

浮舟は「結婚しなければ」と思うことが苦痛だった。

逆に言うと、とくに結婚なんてしたくなかったのです。

彼女の母・中将の君が、浮舟に何とか良い結婚をさせてやりたいと考えて、奔走していた。そのこと自体が、浮舟にとっては重荷だったわけです。

実は中将の君の心の底には、自分が八の宮の北の方の姪でありながら、「人に仕える女房であったというだけで、人間扱いされず、口惜しくもこうして人に侮られている」（〝仕うまつると言ひしばかりに数まへられたてまつらず、口惜しくてかく人には侮らるる〟）（「東屋」巻）

という恨みがありました。

この恨みを、美しく高貴な血を引く娘の浮舟によって晴らしたい、という、己が欲望もあって、「娘だけは」と考えたのです。つまり彼女は娘を使って自分の欲望を満たそうとしていた……。亡き大君の身代わりとして薫の囲い者になった浮舟でしたが、見ようによっては母の身代わりとして、上流の世界で生きるべく期待され、そこへ投げ込まれたとも言えます。

こうしたしがらみから「一抜けた」した浮舟の決意は、娘を天皇家に入内させ生まれた皇子を即位させて一族繁栄するという、娘の性を使った当時の政治システムへの批判になっているのではないか。
今の観点で言えば、当時の親は「毒親」だらけと思うゆえんです。

第15章　少子がやばい……未来の家族観まで先取り？

源氏の妻や恋人は、現代日本以上の少子

近年、少子化問題が叫ばれ、深刻化の一途を辿っています。

しかし、現代日本の出生率は一・〇を越えている分、『源氏物語』よりはましです。

まず主人公である源氏の子は三人。多いようですが、一夫多妻であることを考えると、とても少ない。

内訳は、正妻の葵の上に一人、明石の君に一人、晩年の正妻・女三の宮に一人ですが、実はその子の実父は柏木です。源氏は継母の藤壺とのあいだに不義の子（冷泉帝）が一人いるので、プラマイゼロ。いずれにしても合計三人ということになります。

問題は、女君の生んだ子どもの数が実に少ないということなんです。

以下は、源氏の妻の出産数です。

子無し……紫の上、花散里、末摘花

子一人……葵の上、明石の君、女三の宮（子の父は柏木）
子の数が一人という人が六人中三人。残り三人はゼロです。つまり源氏の妻の平均出産数は〇・五人という、驚異的な少なさなのです。
さらに源氏の恋人や思い人の出産数は、
子無し……空蟬（夫は伊予介）、朧月夜（夫は朱雀帝）、朝顔の姫君（未婚）
子一人……夕顔（夫は頭中将。子の父も頭中将）、六条御息所（子の父は故前坊）、藤壺（夫は桐壺帝。子の父は源氏）
平均出産数は同じく〇・五人という少なさです。
ちなみに、源氏の妻や恋人以外の女君には子だくさんもいます。
子無し……秋好中宮（冷泉帝妻）、落葉の宮（柏木妻→夕霧妻）、大君（未婚）、浮舟（薫愛人、匂宮恋人）
子一人……桐壺更衣（桐壺帝妻）、中の君（匂宮妻）
子二人……真木柱《まきばしら》（螢宮妻→紅梅大納言妻。子の父は螢宮と紅梅大納言）
子三人……弘徽殿大后（桐壺帝妻）

子五人……玉鬘（鬚黒妻）、藤典侍（夕霧妻）、明石の中宮（今上帝妻）
子七人……雲居雁（夕霧妻）

これを見て分かるのは、『源氏物語』でメインの女君となるのは、子無しか少子の女君ということです。

二人以上の子持ちの女には、玉鬘や雲居雁など、存在感の強い女君はいますが、いずれも物語の本筋からは外れています。

宇治十帖の浮舟の母・中将の君も、八の宮のお手つきとなって生まれた浮舟以外に、結婚した常陸介とのあいだに五、六人の子がいるという設定ですから、子だくさんなのですが、『源氏物語』がメインに据えるのは、薫に求められながら独身を貫いた大君や、薫と匂宮という二人の男と関わりながらも、最後は若くして出家した浮舟のような女君なのです。

『源氏物語』の結婚拒否志向

これは、一体何を意味するのでしょう。

と考えるに、『源氏物語』では、男と関わると、女に苦悩が生まれ、結婚しない女、結婚を拒む女、結婚しても出家する女が、エラいというか理想とされているふしがあるんです。

象徴的なのが朝顔の姫君という、源氏のいとこに当たる女性で、源氏は熱心にアプローチをしていたんですが、六条御息所が源氏にさほど大事にされず、世間も関係を知っているのに、妻扱いされずに嘆いていると聞くにつけても、

〝いかで人に似じ〟（自分は何としても二の舞はすまい）（「葵」巻）

と強く考えて、源氏になびきませんでした。それでいて、相手が間の悪い思いをしないように気遣う様子に、源氏は一目置くという設定です。

また、受領の後妻という低い身分ながら、源氏と関係後は二度と受け入れなかった空蟬も、源氏にとって忘れられない人となり、源氏の妻や愛人でもないのに、夫の死後は源氏の屋敷に迎えられるという異常な厚遇を受けています。

『源氏物語』で筆を割かれる性愛関係は、夕霧と雲居雁の初恋が結ばれるといったものを除いては（この二人とて、中年以降は、夕霧が新たに落葉の宮と結婚することで危機が訪れています）、苦しく、不安に満ちたものが大半です。

男に求められながらも孤高を貫き、ひとりみを保つというのは、『源氏物語』にお

ける女の理想の生き方の一つなのです。

〝よろづの事、昔には劣りざまに、浅くなりゆく世の末〟（「梅枝」巻）という末世観も手伝っているかもしれません。時代が下るにつれ衰えていくという右肩下がりの時代観が受け入れられていた当時、子孫を増やしてもろくなことにはならぬというわけです。

こうした『源氏物語』の世界観が、とくに主人公の源氏の周囲で、少子傾向をもたらしているのではないでしょうか。

家族観がやばい

また、『源氏物語』では、多くの登場人物が出家しています。

出家というのは、当時、配偶者と死別したり、危篤状態になったりすると、選択肢としてあったものですし、とくに男子では、母親の身分が低いなど、ワケありの子は出家するということはありがちです。しかし、前途洋々な若い身空での出家は、人生を捨てたも同然と見なされ、親も悲しんでいたことは、藤原道長の子の顕信が十代の若さで出家をした折、母の源明子は〝ものもおぼえたまはず〟（前後不覚になってい

らっしゃる）という状態だったと伝えられることからも分かります。父の道長にしても、息子を前にすると、

「それにしてもどうして思い立ったのか。何がつらかったのか。私を恨めしく思うことでもあったのか。官爵が不足であったのか。またぜがひでもと思う女のことで何かあったのか。ほかのことはともかく、私が生きている限りは、どんなことでも見捨てはすまいと思っているのに、情けなく、こうして母をも、父の私のことも考えないで、このようなことを」

と、泣き崩れています（『栄花物語』巻第十）。

未来のある若者が出家をすることは、このように親の嘆きを招く異常事態だったのです。

それが、宇治十帖の浮舟は、二十二歳の若さで、自ら出家を選び取ります。それは助けてくれた妹尼を嘆かせて、

「心細いお住まいもしばしのこと、すぐに結構なご境遇になられるだろうと、頼みにしておりましたのに、その御身をこのようにしてしまわれて、残り多い将来を一体どうやってお過ごしになるおつもりですか」

と言わせるほどのことでした。けれど浮舟本人は、前章でも触れたように、「これで結婚しなければと思わなくて済むようになったことこそ、ほんとに結構なことだわ」と、〝胸のあきたる心地〟になったのでした（↓第14章）。

そんなふうに、浮舟は、血のつながりも何もない、見知らぬ尼たちの中で出家した果てに、感じていた。

いわば「疑似家族」の中で、たとえ一時的であっても、心の安寧を得ているのです。これは、今よりもずっと血縁の結びつきの強かったであろう当時、かなり実験的な設定ではないでしょうか。

もちろん、浮舟はこうした境地に一直線に到達したわけではありません。自殺を決意した際は、母親のほか、不細工な異父きょうだいや、異母姉の中の君など、恋しい人は多かったのですが、瀕死の状態を僧尼に助けられ、記憶を取り戻したあとは、ただ、母親と乳母のことだけが思われ、話し相手のいないままに、侍女の右近のことなどを時折思い出す程度になっていました。

実父に認められなくても父の墓に参りたいと言い、自分を見下す異母姉を慕い、薫を装って自分を犯した匂宮に惹かれていた過去……。その過去が、いったん死ぬことでリセットされて、「宮を少しでも愛しいと思ったのが間違いだったのだ」と、すっかり愛想の尽きる思いになる一方で、終始、冷静だった薫のことは「格段に優れている」と思うものの、「あの方に生きていると知られる恥ずかしさは、ほかの誰に知られるよりも強いに違いない」、そう思いながらも、「この世で、ありし御姿を、よそながらでも、いつかまた拝見できたら」ともチラリと思う。心は千々に乱れながら、「やはり、こんな考えは間違っている。こんなふうに思うことさえやめよう」と、思い返していたのでした。

浮舟が、僧都に懇願して、出家を遂げたのは、その直後のことです。

さまざまな逡巡と葛藤の果て、到達した出家。そのあげくのすっきり感。家族といっても、本当に自分のことを心配してくれる人だけを恋しく思い、また、血縁でなくても、共に生きていくという浮舟の辿り着いた道、家族観は、当時の人のみならず、現代人にも示唆に富むものであろうと確信します。

第16章　ラストがやばい……尻切れトンボと言われるラストの謎

『源氏物語』のラスト

『源氏物語』のラストは中世以来、尻切れトンボと言われています。

どんなラストかというと、浮舟の出家後、その生存を知った薫が、横川の僧都のもとを訪ね、仲介を依頼します。浮舟を助け、出家させた僧都は、

「それがし、出家の身でそんな手引きをすれば、必ず罪を得るでしょう」

と断りますが、薫は、

「自分は俗人の姿で今まで過ごしているのが不思議なくらいなのです」

と、幼いころからの信心深さや、自分の母・女三の宮のために俗世で生きているうち位も高くなってしまったこと、浮舟の可哀想な母親の嘆きなどを晴らしてやりたいことなどを、得々と語ります。

そして僧都が、浮舟の異父弟である可憐な小君に目をとめて褒めたところで、小君を使いとして、浮舟にコンタクトを取ってほしいと言う。女犯の罪は犯していなかっ

た僧都ですが、美少年には心がゆるんでしまったのでしょう。とうとうこの小君を使いにし、浮舟に手紙を書いて、

「もとからのご縁に背くことなく、殿の愛執の罪が消えるようにして差し上げて、一日の出家の功徳ははかり知れないものですから、やはり仏を頼みになさるように」（〝もとの御契り過《あやま》ちたまはで、愛執《あいしふ》の罪をはるかしきこえたまひて、一日の出家《すけ》の功徳ははかりなきものなれば、なほ頼ませたまへ〟）（「夢浮橋」巻）

と言ってきます。このことばの意味については、浮舟に「還俗《げんぞく》」つまり尼の身から俗人に戻るよう勧めたという説と、そうではないという説があって議論が絶えません。ことば通り読めば、還俗を勧めているようにしか私には思えないのですが……。

さて、浮舟のもとにやって来た小君は、もう一通、薫からの手紙も持参していました。

浮舟はこの使いの弟を「会いたくない」と突っぱねますが、妹尼にせっつかれ、几帳ごしに対面します。

小君の持参した薫の手紙には、

「まったく言いようもなく〝さまざまに罪重き御心〟（さまざまに罪深いあなたのお

心）は、僧都に免じてゆるしてあげるとして、今は何とか、あのあきれた昔の夢語りだけでもしたいと急がれる心が、我ながらいけないことと思われて、まして人目にはどんなにか……」

といったことが書かれていました。

浮舟はさすがに泣き伏してしまうものの、最後まで「まるで身に覚えがない」「今日はやはりお持ち帰りになって。宛先違いでしたら、決まりが悪いでしょうし」と、突っぱねます。

薫は「今か今か」と待っていたのに、小君がこうも収穫もなく戻ったことに、興ざめになって、

「なまじ使いなどやるのではなかった」

と、思うところはさまざまで、

「ほかの男が隠して囲っているのだろうか」

と勘ぐります。それを物語は、

〝わが御心の、思ひ寄らぬ隈なく落しおきたまへりしならひにとぞ、本にはべめる〟

という一文で、締めくくります。

「薫自身のお心に照らし、かつて浮舟を宇治に捨て置いていたご経験から、あらゆる可能性を思い巡らして……と、もとの本にはございますようで」

の意で、さいごの〝本にはべめる〟は、この『源氏物語』の原本を書写した人が付け加えた一文ですが、物語の語り手が話を締めくくる一手法という説もあります。

未完か、完結か

いかがでしょうか。

この終わり方が尻切れトンボだというので、中世以降、続篇を綴る者も現れましたが、このラストを超えるものはありません。

『源氏物語』を全訳した時、「ひかりナビ」と称する解説でも書いたのですが、人生なんて、皆、尻切れトンボで幕を閉じるものです。何もかも帳尻を合わせて終わる生涯など、めったにあるものではない。『源氏物語』のラストはそんな人生にも似て、はかなく、無常です。自分の意志とは関係なくこの世に投げ出され、不意に退場させられる生き物の悲哀が、にじみ出て、永遠の余韻とも言うべきものを感じさせてくれます。

私は『源氏物語』は完結していると考えています。

それは、浮舟の出家姿を描いた箇所が、フィナーレ感に満ちているからでもあります。

浮舟の存在が薫に知られる前のこと。

僧都の妹尼の亡き娘の婿だった中将と呼ばれる男が、浮舟に接近したがっていたんですが、彼女の出家を知ると、

「せめて尼になった姿なりとも、少しでも見させてほしい」

と、尼の一人に頼み込みます。そうして中将が覗き見た浮舟の姿は、とても小柄で体つきも美しく、華やかな顔立ちに、尼削ぎの髪は〝五重《いつへ》の扇〟（檜扇《ひおうぎ》の板数の多いもの）を広げたようにたっぷりとした裾具合。繊細で可憐な美しさは、化粧を丹念に施したように〝赤く〟輝いています。それを見た中将は驚きます。

「なんと、これほどまでとは思わなかった。物凄く理想の人だったのに」

と。中将は、こんな山里の尼たちの中で暮らしている浮舟のことを少し見下す気持ちがあったのでした。しかし想像以上の浮舟の美貌に、惜しく悔しく悲しくなって、こらえきれない心地になる。その気配を悟られるとまずいので、その場を離れ、

「たとえ尼でもこんなに綺麗な人なら、うとましい気もしない」
などとかえって見どころの増す思いがして、
「人目に立たないようにしてやはり我が物にしてしまおう」
と考え、妹尼にも、真剣に頼み込むのでした。

このシーンで、私が思い出すのは、はるか昔、源氏が初めて紫の上を覗き見る場面です。

まだ十歳であった紫の上もまた、尼や僧のいる場所で、浮舟と同様、〝扇をひろげたるやう〟な髪をして、覗き見る源氏の眼前に現れたものです。

浮舟の髪が扇を広げたようであったのは、当時の女性は出家しても丸坊主にせず、肩から背中のあたりで髪を切り揃えていたためですが、紫の上の場合、まだ幼くて髪が伸びていなかった。しかし浮舟同様、たっぷりとした髪であったため、扇を広げたようになっていたのです。

しかもこの時、紫の上は涙で顔を〝赤く〟していた。浮舟も泣きこそしていないけれど、その顔は〝赤く〟上気していました。

作者は明らかに、源氏に見出された時の少女の紫の上と、出家後の浮舟の姿を重ねている。読者の心に少女のころの紫の上を思い出させようとしている。

そのことで、紫の上に代表される多くの女君たちの歩まなかったもう一つの道……結婚しない人生を、示しているのではないか。

女の姿も場面も男の欲望も同じだけれど、片方はこれから男の欲望に染まり、苦楽を味わって死んでいく女、そして片方は男たちとの性遍歴の末、いったん死んで蘇生し、男とは無縁の世界で生きていこうとする女……というふうに、その立ち位置は遠い彼方にある。

小説ではしばしば、最初のシーンを「回収」するということがなされるものですが、紫の上の登場シーンとそっくりの場面を再現することで、フィナーレに近づいていることを物語っているのではないかと思うのです。

紫式部の言いたかったこと

涙で顔を赤くして、生き生きと走り出てきた少女のころの紫の上。

その紫の上が願って果たせなかった出家を遂げて、ひとときの心の安寧を得た浮舟。

そんな浮舟のもとに、かつて関係した薫が、彼女の異父弟を使いに寄越し、匂宮との〝罪〟をゆるしてやろうと言ってくる。それを「宛先違いでは」と女は拒み、男は「また誰かに囲われているのかな」と、自分の経験に照らして邪推して、物語は終わる。

この物語で紫式部が言いたかったことは何なのでしょう。

受けとめ方は人それぞれでしょう。

また、とても一つには絞れないことでしょう。

そもそも作家というのは何か言いたくてものを書くというよりは、書かずにいられずに書いているうちに、物語が一人歩きして、結果的に受け手に何かが伝わるというものでしょう。

その上で、考えてみるに、一つには、他人はもちろん、親族といった誰かの「身代わり」になることなく、自分の人生を生きようということではないでしょうか。これは「言うは易し」ですが、いざそうしようとすると幾多の障害がある。まして人の噂や世間の目……薫は人一倍これを気にしていました……にどう映るかが肝要であった平安貴族社会にあっては至難の業です。しかし自分以外の人間にとって自分は誰かの「身代わり」になり得る存在かもしれないとしたら……。ならばそんな人々の思惑に従おうとして、生きづらさを感じるよりは、彼らとの縁をいったん切るのも有り、だろう。ラストからはそんな作者の思いが読み取れます。

そしてそのことと関連して、もう一つ、『源氏物語』から私たちが読み取れる思いは、「人はわかり合えない時もある」ということではないでしょうか。

男と女はわかり合えない。

親と子もわかり合えない。

人と人は、時にわかり合えない。

重い期待を寄せてくる家族とも、愛を押しつけてくる相手とも、離れた場所で、心の安らぎを得られることもある。

その場所も安住の地ではないかもしれないけれど、追いつめられたら、いったん今いる世界から外に出ることで、生きる道を見つけることができるかもしれない。

男と女が結婚して、子孫にも財産にも恵まれました、めでたしめでたしでは終わらぬ『源氏物語』は、千年の時を超えて、私たちにさまざまなメッセージを読み取ることをゆるしてくれるのです。

第17章　読者がやばい……一条天皇、藤原道長、藤原公任！

『源氏物語』の「メイキング」を記録

おしまいに、この物語が作られた状況、そして読者たちについて触れたいと思います。

『源氏物語』の成立年代が分かるのは、『紫式部日記』に、物語の冊子作りのことなどが、敦成《あつひら》親王（後一条天皇）の誕生記事と共に描かれているからということはすでに触れました（↓はじめに）。

紙や墨・筆の支給、清書など、『源氏物語』の制作が彰子サロンを挙げてのプロジェクトであったというのも、『紫式部日記』の記述から判断されることです。

紫式部は、夜が明けると真っ先に彰子の御前に伺候して、向かい合わせになって、色とりどりの紙を選び整え、物語の原本を添えては、あちこちに書写を依頼する手紙を書いて配った、と記しています。一方では、書写したものを製本することを仕事に明かし暮らした、とも。

その様子を見た彰子の父・道長は、
「どこの子持ちがこの寒いのに、こんなことをなさっているの」
と、娘の彰子中宮に申し上げるものの、上等の薄様（薄く漉いた鳥の子紙）や、筆や墨、硯まで持参して中宮に差し上げる。それを中宮は紫式部に下賜される。『源氏物語』は、彰子サロンを挙げてのプロジェクトであり、紫式部はそのチーフリーダーであったわけです。

紫式部は、物語の原本を実家から取り寄せて局《つぼね》（自分の部屋）に隠しておいたのを、彰子の御前に伺候している隙に、道長がこっそりやって来て、探し出して皆、〝内侍《ないし》の督《かん》の殿《との》〟（彰子の妹の妍子）に献上してしまったとも記しています。そのため、まずまずという程度に書き直しておいた本は皆紛失してしまって、気がかりな評判を取ったことだろう、と。

ここから、『源氏物語』には、清書したもの、その原本、実家にあった原本など、さまざまなバージョンの本があったことがうかがえるのです。

このように紫式部が『源氏物語』の「メイキング」とも言える顚末を日記に残して

いることは興味深いことです。

娘を天皇家に入内させ、生まれた皇子の後見役として大貴族が繁栄していた当時、天皇（東宮）が、娘のもとにお越しになるよう、手っ取り早く言えばセックスしてもらえるように、サロンを盛り上げることは大貴族にとって大きな仕事でした。

他の妃よりも、天皇が娘のもとを訪れてくれるよう、そのサロンを楽しく盛り立てる。才色兼備の女たちが雇われたのもそのためで、紫式部も彰子の家庭教師としてスカウトされました。

一方、同じ一条天皇の妻の定子サロンでは、清少納言が男顔負けの才知で活躍していた。

彰子が一条天皇の第二皇子（彰子にとっては第一子）を生んだ時には、すでに定子は故人とはいえ、一条天皇にはほかにも妻がいる。また、清少納言は『枕草子』を書いて評判になっており、定子サロンをなつかしむ声もあった中（『栄花物語』巻第七）、一つには彰子サロンを盤石にするため、『源氏物語』の作成から製本がプロジェクトとして組まれたわけです。

その、サロンを挙げての物語作りとPRのパトロンが彰子とその父・道長であり、実質的な最高責任者が紫式部でした。

彼女は物語を作るだけでなく、メイキングを記録し、一足先に物語を読んだ「インフルエンサー」とも言うべき有名人たちの、物語の感想をも日記に書き残しています。

インフルエンサーを利用したPR

紫式部が、「『源氏物語』を読んだ」としているインフルエンサーは、三人。

当代一のインテリといわれた藤原公任、一条天皇、言わずと知れた最高権力者の道長です。

紫式部は、公任が、

〝あなかしこ、このわたりに、わかむらさきやさぶらふ〟（すみません、このあたりに若紫はおいででしょうか）

と、声を掛けてきたとして、「源氏に似ている人もいないのに、その妻（若紫＝紫の上）がどうしているものですか」と、皮肉な思いを書き記しています。

また、一条天皇が、『源氏物語』を人に読ませては聞いていた、と。当時の物語は黙読だけでなく、このように人に音読させて楽しむものであったことも、この記述からは浮き彫りになります。国宝『源氏物語絵巻』にも、宇治十帖の中の君が、浮舟の心を慰めようと、女房に物語を読ませ、浮舟がその物語を聞きながら、物語とセットになっている絵を見ている場面が描かれています（「東屋」巻）。

さてそんなふうに『源氏物語』を読み聞かされた一条天皇は、

「この人は日本紀《にほんぎ》（『日本書紀』などの歴史書）を読んでいるようだ。実に学識がある」

と仰せになった。それを、左衛門《さいもん》の内侍《ないし》と呼ばれる内裏女房が小耳に挟んで、「えらく学問を鼻にかけているんですって」と殿上人などに言い触らし、紫式部に〝日本紀の御局《みつぼね》〟とあだ名を付けた。それを紫式部は、

「お笑いぐさだわ。自分の実家の侍女の前ですら遠慮しているのに、宮中なんかで学識をひけらかすわけないじゃない」

と、これまた、皮肉を書いています（↓第1章）。

さらに、『源氏物語』が彰子中宮の御前にあるのを見た道長が、いつものように冗談などを言うついでに、梅の実の下に置かれた紙に、

〝すきものと名にし立てれば見る人の折らで過ぐるはあらじとぞ思ふ〟（あなたは好

き者という評判だから、見る人は手折らないで済ますまい）と書いて紫式部に寄越しました。酸き物（酸っぱい物）と好き者を掛けたわけです。エッチなことを書く作家は、自身もエッチに違いない……そんな思い込みをする人は今も時折見かけますが、たとえエッチであるにせよ、「自分ともエッチなことをしてくれるだろう」という発想に飛ぶというのは、なんとも滑稽な話です。しかしそんな人間が昔もいたんですね。

続いて日記は、道長が夜、紫式部のいる局の戸を叩いたものの、恐ろしくてそのまま夜を明かしたと記しています。が、南北朝時代に成立した系図集『尊卑分脈』の紫式部の項には〝御堂関白道長妾云々〟とあり、この時代、女房として仕える女性が、主人筋の男と性的関係を結ばされることが多いことを考慮すれば、紫式部が道長の愛人であったことは確実であろうと私は思っています。

いずれにしても、政治文化の第一人者である彼らに、『源氏物語』を語らせることで、紫式部は『源氏物語』の権威付けとPRをしています。日記が公開を前提としていたかはともかく、それを記録し、後世に伝えることに意味があったのです。

現代でも、映画等をインフルエンサーたちに先行公開して、その感想をPRに使うという宣伝方法がありますが、紫式部は千年以上も前にそうした手法を先取りしていたわけです。

物語全体の底上げと未来へのメッセージ

さて、いずれ劣らぬ影響力のある三人は全員、男です。

実は当時の物語の主要読者は女性であり、女性の地位が高かったことを考えれば、ここに女性がいても良さそうなものですが、紫式部はあえて男のインフルエンサーを選んだのだと私は見ています。

当時の物語は今でいう漫画のようなサブカルチャーで、漢文で書かれた詩や歴史書と比べると、ずっと低い地位でした。ことばは悪いですが、女子どもの慰み物と考えられていたのです。

そんな物語を、中心読者である女性ではなく、本格的な学問＝漢詩文をたしなむ男たちに語らせることで、紫式部は『源氏物語』の権威付けを狙ったのでしょう。

紫式部は、物語全体の底上げをも目論んでいたふしがあります。

第一章でも触れましたが、彼女は、『源氏物語』で、主人公の源氏に物語をこう語らせています。

〝日本紀などはただかたそばぞかし。これらにこそ道々《みちみち》しく詳しきことはあらめ〟（『日本書紀』などの正史はほんの片端に過ぎないんだよ。物語にこそ、道理にかなった詳しい事情が描かれているんだ）（「螢」巻）

と。

今でいえばサブカルだった物語を、『日本書紀』などの正式な歴史よりも〝道々し〟（政道に役立つ、道理にかなった、学問的な）と持ち上げたのです。

このくだりは物語論としても有名ですが、確かに、歴史書というのは為政者《いせいしゃ》に都合の悪いことは省かれてしまうものです。物語にこそ、人の世の真実が描かれていて、善悪を強調してはいても、そこにあるのはこの世のほかのことではない、と、紫式部は物語に肩入れしています（↓第1章）。

そんなふうに、正史にまさるとも劣らぬ物語のリアリティについて、養女の玉鬘に語った源氏は、

「さて、こういう古物語の中に、私のような実直な愚か者の話はあるかな」

「さあ私たちの恋を、類いない物語にして、後世に伝えさせよう」

と言い、

と口説きます。

立場の弱い養女にセクハラを働いているのですから、とんでもない話なのですが。

物語には真実がある……という、主人公のことばに託した紫式部の主張は、『源氏物語』の読者なら、うなずいてしまうに違いありません。

源氏のセクハラにしても、当時であれば問題視されなかったでしょうが、意識の進んだ現代に生きる私たちにとっては、昔からこうしたことはあったのだ……と、当時のリアルを知るよすがにもなります。

実に、物語に描かれていることは、今も昔も私たちのリアルを映す鏡であるからこそ、心にしみるし、胸打たれるわけで、古典文学には未来へのメッセージが込められていると思うゆえんです。

主な参考文献については本文中にそのつど記した

参考原典／本書で引用した原文は以下の本に拠る

阿部秋生・秋山虔・今井源衛校注・訳『源氏物語』一～六　日本古典文学全集　小学館　一九七〇～一九七六年
中野幸一校注・訳『紫式部日記』、犬養廉校注・訳『更級日記』……『和泉式部日記　紫式部日記　更級日記　讃岐典侍日記』　新編日本古典文学全集　小学館　一九九四年
山本利達校注『紫式部日記　紫式部集』　新潮日本古典集成　一九八〇年
南波浩校注『紫式部集　付 大弐三位集・藤原惟規集』　岩波文庫　一九七三年
山口佳紀・神野志隆光校注・訳『古事記』　新編日本古典文学全集　小学館　一九九七年
小島憲之・直木孝次郎・西宮一民・蔵中進・毛利正守校注・訳『日本書紀』一～三　新編日本古典文学全集　小学館　一九九四～一九九八年
中野幸一校注・訳『うつほ物語』一～三　新編日本古典文学全集　小学館　一九九九～二〇〇二年
坂本幸男・岩本裕訳注『法華経』上・中・下　岩波文庫　一九七六年(改版)
中村元・早島鏡正・紀野一義訳註『観無量寿経』……『浄土三部経』下　岩波文庫　一九九〇年(改訳)
『往生要集』……石田瑞麿校注『源信』　日本思想大系　岩波書店　一九七〇年
小松茂美編集・解説『北野天神縁起』　続日本の絵巻　中央公論社　一九九一年
黒板勝美・国史大系編修会編『尊卑分脉』一～四・索引　新訂増補国史大系　吉川弘文館　一九八七～一九八八年
馬淵和夫・国東文麿・稲垣泰一校注・訳『今昔物語集』四　新編日本古典文学全集　小学館　二〇〇二年
小林保治・増古和子校注・訳『宇治拾遺物語』　新編日本古典文学全集　小学館　一九九六年
『玉葉』〈国立国会図書館デジタルコレクション〉https://dl.ndl.go.jp/info:ndljp/pid/1920187

山中裕・秋山虔・池田尚隆・福長進校注・訳『栄花物語』一～三　新編日本古典文学全集　小学館　一九九五～一九九八年

有川武彦校訂『源氏物語湖月抄』増注　上・中・下　講談社学術文庫　一九八二年

山根對助・後藤昭雄校注『江談抄』……『江談抄　中外抄　富家語』　新日本古典文学大系　岩波書店　一九九七年

橘健二・加藤静子校注・訳『大鏡』　新編日本古典文学全集　小学館　一九九六年

武田祐吉・佐藤謙三訳『読み下し　日本三代実録』下　戎光祥出版　二〇〇九年

大曾根章介・金原理・後藤昭雄校注『本朝文粋』　新日本古典文学大系　岩波書店　一九九二年

西尾光一・小林保治校注『古今著聞集』上・下　新潮日本古典集成　一九八三年・一九八六年

倉本一宏全現代語訳『藤原行成「権記」』上・中・下　講談社学術文庫　二〇一一～二〇一二年

金子武雄『掌中　小倉百人一首の講義』　大修館書店　一九五四年

木村正中・伊牟田経久校注・訳『蜻蛉日記』……『土佐日記　蜻蛉日記』　新編日本古典文学全集　小学館　一九九五年

片桐洋一校注・訳『竹取物語』……『竹取物語　伊勢物語　大和物語　平中物語』　日本古典文学全集　小学館　一九七二年

三谷栄一・三谷邦明校注・訳『落窪物語』……『落窪物語　堤中納言物語』　新編日本古典文学全集　小学館　二〇〇〇年

小松茂美編集・解説『源氏物語絵巻・寝覚物語絵巻』　日本の絵巻　中央公論社　一九八七年

東京大学史料編纂所編纂『小右記』七　大日本古記録　岩波書店　一九八七年

『小大君集』……長澤美津編『女人和歌大系』二　風間書房　一九六五年

大曾根章介校注『新猿楽記』……『古代政治社会思想』　日本思想大系　岩波書店　一九七九年

大島建彦校注・訳『猫の草子』……『御伽草子集』　日本古典文学全集　小学館　一九七四年

大塚ひかり

おおつか・ひかり

1961年生まれ。早稲田大学第一文学部日本史学専攻卒業。『ブス論』、個人全訳『源氏物語』全六巻、『女系図でみる驚きの日本史』『毒親の日本史』『くそじじいとくそばばあの日本史』『くそじじいとくそばばあの日本史　長生きは成功のもと』『ヤバいBL日本史』『嫉妬と階級の『源氏物語』』など著書多数。

カバーイラスト：香川尚子

香蝶楼国貞『本朝名異女図鑑 紫式部』

（国立国会図書館デジタルコレクション）

カバーデザイン：小口翔平＋畑中茜（tobufune）

ポプラ新書
249

やばい源氏物語
2023年11月27日 第1刷発行
2024年2月14日 第2刷

著者
大塚ひかり

発行者
加藤裕樹

編集
鈴木実穂

発行所
株式会社 ポプラ社
〒102-8519 東京都千代田区麹町 4-2-6
一般書ホームページ www.webasta.jp

ブックデザイン
鈴木成一デザイン室

印刷・製本
図書印刷株式会社

N.D.C.910/222P/18cm ISBN978-4-591-17975-8

P8201249

生きるとは共に未来を語ること 共に希望を語ること

昭和二十二年、ポプラ社は、戦後の荒廃した東京の焼け跡を目のあたりにし、次の世代の日本を創るべき子どもたちが、ポプラ（白楊）の樹のように、まっすぐにすくすくと成長することを願って、児童図書専門出版社として創業いたしました。

創業以来、すでに六十六年の歳月が経ち、何人たりとも予測できない不透明な世界が出現してしまいました。

この未曾有の混迷と閉塞感におおいつくされた日本の現状を鑑みるにつけ、私どもは出版人としていかなる国家像、いかなる日本人像、そしてグローバル化しボーダレス化した世界的状況の裡で、いかなる人類像を創造しなければならないかという、大命題に応えるべく、強靭な志をもち、共に未来を語り共に希望を語りあえる状況を創ることこそ、私どもに課せられた最大の使命だと考えます。

ポプラ社は創業の原点にもどり、人々がすこやかにすくすくと、生きる喜びを感じられる世界を実現させることに希いと祈りをこめて、ここにポプラ新書を創刊するものです。

未来への挑戦！

平成二十五年 九月吉日　　株式会社ポプラ社